Ⓢ新潮新書

百田尚樹
HYAKUTA Naoki

アホか。

921

新潮社

まえがき

毎日のニュースを見ていると、思わず「アホちゃうか」とツッコミを入れたくなる呆れるような事件が山ほどあります。また「アホか！」と怒鳴りつけたくなるような事件もあります。「アホ丸出しやで」と笑ってしまう事件もあります。

そんなニュースにばかり接していると、「万物の霊長」と言われる人間は、実は動物並みの知能しかないのではないかという気になってきます。いや、動物の行動はすべて自然の原理と本能に忠実で、その行動の理由も説明がつくのに対して、人間のアホ行為には、同じ人類でも理解できないものがあります。そこが人間の謎めいたところですが、だからこそ人間は面白いとも言えます。

ニュースになるような事件の犯人はたいていがどうしようもないアホですが、一方で「なんで、そんな犯罪に引っかかるの？」と言いたくなるようなおとぼけの被害者もいます。というわけで、本書は思わず「アホちゃうか」と言いたくなるようなアホな事件を中心に集めた本になりました。

本書は、有料個人サイト「百田尚樹チャンネル」の会員向けに毎週配信しているメールマガジンの文章に加筆修正をしてまとめたもので、本書が第三弾になります（第一弾『偽善者たちへ』、第二弾『バカの国』、いずれも新潮新書）。

二〇一五年からやっているそのサイトでは、毎週、「ニュースに一言」と題して、その週に起こった様々なニュースを紹介しつつ、そこに私なりの解説を加えた文章を皆様に配信しています。取り上げるニュースは政治、経済、国際問題と多岐にわたりますが、今回は、前二冊と変わって、ぐっとくだけたものになっています。

本書を読んで笑った後は、本書で知った「アホニュース」を是非、友人たちに披露して、楽しいひとときを過ごしてください。

百田尚樹

アホか。●目次

第一章　アホちゃうか！

まずは最新のニュースから、思わず「アホちゃうか！」と言ってしまいたくなるようなアホたちを紹介しましょう。

中学生とセックスしてもええやないかと公言した国会議員

成人が性行為をした場合に罪に問われる相手の年齢を、現在の十三歳未満から十六歳未満に引き上げる案について議論する立憲民主党の「性犯罪刑法改正に関するワーキングチーム」の会合で、とんでもないことを言い出す国会議員がいたというニュースが、二〇二一年の六月にありました。

その議員は「五十歳近くの自分が十四歳の子と性交したら同意があっても捕まることになり、おかしい」と発言したというのです。いったい何を考えているのでしょうか。

こんな無茶苦茶なことを言った議員は誰だ、ということでネット上では犯人探しが行なわれました。「五十歳近くの」という言葉から、四十代後半の議員が疑われましたが、なんと実際に発言したのは五十六歳の本多平直衆院議員でした。「五十歳近くの中年」ではなく、「とっくに五十歳を超えている初老」の男だったのです。

この発言は五月十日の同会合で発せられたもので、最初は誰の発言かを明らかにせずうやむやに終わらせようとしたものの、世間の批判が日に日に大きくなり、ついに観念して本人が謝罪したようです。

私はこの議員の発言を最初に聞いたとき、よくもまあ五十六歳の男が自分の娘ほどの十四歳の女の子との性交をイメージできるものだと驚くと共に気持ちが悪くなりました。普通に考えたら十四歳が五十歳を好きになって性行為をするなんてあり得ません。そこには金銭、あるいは「脅迫」や「洗脳」や「騙し」などまともな恋愛感情以外の不適切な要素があると考えるのが妥当です。その危険から子供たちを守ろうという趣旨の会合で、「俺は相手が十四歳でもする」と宣言したのも同然ですから、とんだ変態議員です。

また呆れたことに本多議員は、「興奮していて、何を言ったのか覚えていない」と言い訳しています。まさか十四歳の女子中学生との性行為を想像して興奮していたわけではないと思いますが、自分で覚えていられないような発言をするなと言いたいです。

しかし、私にはそれ以上にむかつくことがあります。それは世のリベラル派の文化人や弁護士やフェミニストたちが大騒ぎしなかったことです。以前、某財務官僚が顔見知りのテレビ局の女性記者に「オッパイ触ってもいい？」と訊いた時には、彼（女）らはまさにスクラムを組んで彼を一斉攻撃したのに比べて、なんという違いでしょう。彼（女）らにとっては、その発言内容より〝誰が言ったか〟が重要なのがこれでわかります。もし発言したのが与党議員だったら、議員辞職するまで追及したでしょう。実際、幼児セックスに厳しい欧米なら、本多議員の発言は間違いなく辞職ものです。

さらにひどいのは同党の福山哲郎幹事長の発言です。説明を求める記者に対して、「本人が撤回と言っているので、それでいいのではないか」なんて、どの口が言うのでしょう。粗さがしに終始した挙句、それが事実かどうかも明らかでないのに執拗に相手を責め続け、最後に「任命責任」まで持ち出して延々と貴重な国会審議の時間を奪う党の幹事長、またその張本人がよく恥ずかしげもなく言えたものです。どうやら彼は一般的な日本人が普通に持つ羞恥という感情を持ち合わせていないようです。

それにしても立憲民主党とは不思議な政党です。憲政史上もっとも不甲斐ない現在の自民党は何もしなくても勝手に落ちて行ってくれるのに、わざわざ国民の反感を買う言動で、さらにその下に行こうとしているようにしか見えません。普通に考えればアホの集まりですが、たぶん自らに政権を担う力が無いのを承知していて、批判ばかりしていれば給料をもらえる今の気楽な議員生活を失いたくないのでしょう。（2021/06/11）

（※騒ぎになって約一ヵ月後の七月二十八日、本多議員は衆議院に辞職願を提出し、辞職が決定しました。）

国会議員のアホアピール

立憲民主党の議員がアホ丸出しの発言をしている一ヵ月前、自民党の議員もかなり馬鹿げたアピールを一所懸命にしていました。

二〇二一年四月、自民党の男性議員三人が妊婦の日常生活の苦労を知るため、重さ七キロのジャケットを着て二日過ごすことにしたというニュースがそれです。どうやら彼らの頭の中には「大きなお腹＝重たい」という発想しかないようです。私は男ですからもちろん妊娠したことはありません。しかしお腹の中に大切な命を宿した女性が、子供を守るためにどれだけ神経を使って暮らしているかは想像に難くありません。それをどこにぶつけても構わないジャケットと、日に日に大きくなるお腹を同等と考えるとは妊婦に対して失礼過ぎます。

　また妊婦の苦労は大きなお腹だけではありません。悪阻（つわり）や出産への不安に悩まされることが子供の顔を見るまで続くのです。それをたったの二日、重りを抱いただけで妊婦の気持ちがわかった気になる厚かましさには呆れてしまいます。

　障碍者が立候補するとき「障碍者の立場から福祉の充実を」と言います。子供を持つ母親が立候補するとき「母親の立場から子育て支援の充実を」と訴えます。しかし、障碍者や母親でなければそれらに取り組めないわけではありません。思いやりの心と他人の言葉を素直に聞ける謙虚さ、それに少しの想像力があれば当事者にならなくても十分に議員の仕事はできるはずです。それを〝妊婦体験〟なんてもので喜んでいるのですから、自分たちで能力がないと宣言しているようなものです。

　彼らは国民に向かって必死で「頑張ってますよ」アピールをしたつもりでしょうが、墓穴を掘ったと言わざるを得ません。結果として、悲しいことに彼らのしたことは「私たちはアホです」アピールになってしまったようです。

（2021/04/09）

動物並みのアホ

二〇一九年十一月、愛知県碧南市で自転車に乗っていた女性が軽トラックにひき逃げされるという事故がありました。

被害女性は意識不明の重体ということですから、重大事故です。警察はいち早く捜査を開始し市内に住む四十九歳の自営業の男を逮捕したところ、無免許で運転していたことがわかりました。

無免許運転によるひき逃げは許されざる犯罪です。しっかりと立件して加害者に厳罰を与えなければなりません、と言いたいところですが肝心の事故車両が見当たりませんでした。いくら他の証拠が揃ったところで、実際にぶつかった車がなければ決定打とはなりませんので警察も慌てたことでしょう。

男がどこかに隠したのは間違いありませんので、警察は厳しく問い詰めました。すると男はついに観念してとんでもない供述を始めました。なんと「ひき逃げがバレたくないから車を地中に埋めた」なんて言うのです。野生動物が獲物を横取りされないために土の中に隠すことはありますが、それを人間が真似るなんて信じられません。

そういえば犬が外で飼われていた時代には、一般家庭でもよく似た光景がありました。

庭の片隅を掘り返してみると、エサとして与えた骨にまざって行方不明になっていた下駄や園芸用のスコップが見つかることがあったのです。これらはすべて誰にも見つからないようにと、せっせと埋めた飼い犬の仕業でした。ひょっとしたら男はそんなことを覚えていて「隠すのなら土の中」と考えたのかもしれません。

警察がさっそく車を埋めたという場所を掘り返すと、供述通り深さ一・五メートルの地中からバラバラになった軽トラックが見つかりました。それは土がつき原形がわからないほど潰れた車体でしたが、たしかに事故車両に間違いないものでした。これで男は確実に相当の罰を受けることになるでしょう。

それにしても、よくも愚かしいことを考える人間がいるものだと呆れていると、ふと思い出したことがありました。それは事故を起こした列車を被害者もろとも土に埋めてしまったアホ丸出しの国があったことです。動物並みの思考回路の人はどこにでもいるようです。

(2019/12/13)

飛び出し男

埼玉県桶川市などで自転車に乗り、走行中の自動車の前にいきなり飛び出しドライバーを驚かせていた三十三歳の男に懲役八ヵ月の実刑判決が言い渡されたというニュースが二〇二一年の五月にありました。

この男は片側一車線の道路で対向する自動車に突っ込む素振りを見せ急ブレーキを掛けさせるなどしていたのです。ひとつ間違えば大事故にも成り兼ねないこの危険な行為の目的が「びっくりする様子を見るのが楽しかった」なんて、とても三十三歳の大人の言葉とは思えません。

さらにその行為を咎められると、反省するどころか注意した相手に対し暴行をはたらく狼藉ぶりでした。

私も自分でハンドルを握りますので、この男の行為は許すことが出来ません。こんな身勝手な男でも、もし事故になればドライバーが罪に問われます。いまでこそドライブレコーダーのお陰で、こんな場合は自動車だけが悪いのではないことがわかりますが、もしそれがなければ加害者と言うべきとんでもない男が〝被害者〟となってしまうのです。こんな馬鹿な話はありません。

そして今回のニュースで最もおかしいと感じたのは、被告人への判決が懲役八ヵ月だったことです。なぜなら、この男は二〇二〇年二月に同様の行為で懲役二年、執行猶予四年の有罪判決を受けていた中での今回の事件だったからです。前回の判決は「あなたは本当は刑務所に入らないといけないのですが、今回だけは勘弁してあげます。その代わりこれから四年間はおとなしくしておくように。もし信頼を裏切るようなことがあればすぐに刑務所に入れますよ」というものだったはずです。

もっとも今回の犯行で前回の執行猶予が取り消され、前回の二年に加えて懲役二年八ヵ月になると思いますが、私が腑に落ちないのは、なぜ同じ犯行を繰り返して前回の三分の一程度の罰なのかということです。これでは、やればやるほど罰が軽くなっていくのではないでしょうか。

私は法律の専門家ではないので量刑における詳しい仕組みはわかりませんが、一般的な感覚ではどう考えても納得できません。なによりも法律は一般の善良な市民のものであって、法律のプロのものではないはずです。もちろん犯罪者のものでもありません。

（2021/05/21）

全裸で空港へ

二〇二〇年一月十九日、日曜日の朝七時過ぎ、神戸・三宮から大阪空港に向かうリムジンバスに、なんとも不思議な客が乗り込んできたというニュースがありました。

運転手からの一一〇番通報を受けた兵庫県警生田署の警察官が駆け付けると、そこには一糸まとわぬ三十四歳の全裸の男が何食わぬ顔をして座っているではありませんか。このバスには他に二十〜三十人の客が乗っていましたが、その中で一人だけ全裸で前を見据えているという、なんとも奇妙な光景を目の当たりにした警官は驚くやらおかしいやらさぞかし対応に困ったことでしょう。

運転手の話によりますと、この男はバスの中で服を脱いで全裸になったのではなく、スッポンポンでバス乗り場に現れ、そのまま無言で乗り込むと、騒ぐこともなくおとなしく座席に腰かけたといいます。その一連の動作はいたって自然で彼にとっては日常そのもののように見受けられ、ほかの客も裸以外は不審なところがないので（裸だけで十分不審だといえばその通りですが）引きずり降ろすこともせず、ずっと一緒に出発を待っていたようです。

人間はあまりに想定外なことが起きると、一瞬なにが本当なのか分からなくなるものですが、まさにそういった展開です。

男は公然わいせつの疑いで現行犯逮捕されることとなりましたが、調べに対し「酔っぱらっていて、乗り込んだのは覚えていない」と供述しているそうです。暖冬とはいえ一月の早朝です。いくら酔っぱらっていても寒いはずです。それに、いったいどこで服を脱いできたのでしょうか。

結局、男はバスから降ろされ、大阪空港に到着することはありませんでしたが、もしそのまま空港に到着していたら、ほかの客は保安検査の列に並ばなければならないところを、なにも持っていないことが明らかな彼だけはフリーパスだったことでしょう。

（2020/01/24）

煽る相手が悪すぎる

近年は「あおり運転」が大きな社会問題となっていますが、真っ当な人なら決してやらないであろうそんな運転をする人間の頭の中は、やはり常人には理解しがたいものです。

二〇一九年十二月、三重県四日市市で警ら中のパトカーに、後ろから車間距離を詰めたり、前に割り込むなどの煽り運転を仕掛け、さらに職務質問をしようとした警察官を蹴った二十歳のとび職の男が現行犯逮捕されたというニュースがありました。

男は調べに対し「パトカーがゆっくり走っていてむかついた」と答えているそうです。この男の思考回路では「悪いのはノロノロしているパトカーであって、自分は一ミリも悪くない。そんな警官に活をいれてやった自分こそ正しい」となっているのでしょう。いったいどうやったらこんなアホが生まれるのでしょうか。

警ら中のパトカーは、付近に怪しいものがないか探すためゆっくり走るものです。そこを後ろから煽ったのでは、自ら「俺が怪しい奴だ」と名乗り出ているようなものです。停車を求められるのは当然です。そのうえ警察官に暴行を加えるのですから、頭がおかしいとしか思えません。

こんなやつでも免許証を与えられ、大きな顔をして街中を走っているのですから、危なくて仕方がありません。しかし、今回は男がアホ丸出しだったおかげで犯人捜しをするまでもなく逮捕できたのは何よりでした。

ほとんどの煽り運転をする輩は「あおり運転」はされるほうに原因があると思っています。たしかに街中を走っていると、ウインカーを点けずにいきなり割り込んできたり、追い越し車線をだらだら走る身勝手なドライバーに腹が立つことはあります。

しかし、だからといって事故につながる「あおり運転」が許される道理はまったくありません。

(2020/01/04)

悪事の証拠を垂れ流し

「天網恢恢疎にして漏らさず」という言葉は、「天の網は一見すると粗いように見えるが、悪事は見逃さない」という意味です。しかし犯罪者の中には、自分から証拠をばんばんさらけだすアホがいます。

二〇二〇年二月、兵庫県西宮市の環境局に勤める男性職員二人が勤務中に無断でごみ収集車を私的に使っていたことが発覚するというニュースがありました。この二人は家庭ごみなどの収集担当で、午前の一仕事が終わった後、三十二歳の先輩職員が二十六歳の後輩職員を連れてごみ収集車で自身の実家に向かいました。そこでペンキの一斗缶十個を積み込み、市の処理センターに運んで棄てていたのです。二人は公私両方のごみ収集を終え、何事もなかったようにごみ収集車を戻しましたが、世の中はそれで終わりになるほど甘くはありませんでした。

なんと一斗缶の中に残っていたペンキが彼らの乗った収集車から延々と道路に漏れており、後続の乗用車の運転手が「タイヤが汚れた」と西宮署に訴えていたのです。

乗用車のドライブレコーダーを確認すると、「西宮市」と書かれたごみ収集車がバッチリ写っており、二人の仕業だとわかるまでに時間はかかりませんでした。童話の『ヘンゼルとグレーテル』のパンくずは鳥に食べられてなくなってしまいましたが、彼らのペンキは消えることのない明確な証拠となったのです。

市の調査に二人は「不正利用は初めてで、軽い気持ちでやった。反省している」としょんぼりしているそうですが、収集作業員とはいえ失った信用を回収するのは容易ではないでしょう。

また同じ兵庫県の川西市では、「祖父が亡くなった」とうそを言って忌引休暇を申請した三十代の土木部の男性職員が減給の懲戒処分を受けたというニュースがありました。

この男性職員は二〇一九年十一月、上司に電話で「祖父が亡くなったので忌引休暇を取りたい」と伝えて休んでいましたが、実際に亡くなっていたのは忌引休暇の対象外の親族だったのです。

一般の会社でもズル休みをするときに「親族が死んだ」はよく使う手です。一回うまくいくと何回も同じ方法を使うもので、中には三回も爺さんを殺している強者もいるなんて笑い話もあるほどです。はたして、この職員も二〇一六年と二〇一八年の二度にわたって虚偽の申請で計五日の忌服休暇を取っていました。

しかし、今回はそんなに簡単にはいきませんでした。なぜなら気を利かせた上司が弔電を打とうと葬儀場に電話をしたところ、「そんな人、死んでいません」とあっさりバラされてしまったからです。最近の葬儀は「家族葬」ということで弔問はもちろん、香典や花輪も辞退することが多くなっています。彼は忌引申請をするときに〝弔電辞退〟もしっかり織り込んでおくべきだったのです。

（2020/03/01）

コロナ給付金がエサとなる

二〇二〇年三月に東京・渋谷の郵便局から現金七万七千円を盗んだ三十一歳の男が、六月になってようやく逮捕されたというニュースがありました。

男はこの郵便局の配達業務を請け負う業者の元従業員で、なんの躊躇もなく勝手知ったる場所に忍び込み、お釣り用現金の管理に使う機器から現金を抜き取っていたのです。

男は機器の操作に必要なＩＤとパスワードに自身のものを使ったうえ、防犯カメラにもその姿がバッチリ写っていましたから、犯人特定に時間はかかりませんでした。それでも逮捕まで三ヵ月もかかったのは、事件後、男が転居して行方をくらませていたからです。

しかし、思わぬことから捜査は進展しました。なんと逃走中の身でありながら、新型コロナウイルス対策として一律十万円が配られる「特別定額給付金」を受給しようと、ぬけぬけと役所に現住所を届け出てきたのです。十万円に目がくらみ、後先考えずに居場所を明かしたことで警察は労せずして逮捕できました。

このニュースを見て、私はアメリカの話を思い出しました。アメリカンフットボールの本場、アメリカでの頂上決戦NFLスーパーボウルの日は、多くの指名手配犯が捕まる日だそうです。警察が行方のわからない犯人をおびき寄せる為、「スーパーボウル」の招待券を彼らに送るからです。滅多に手に入らないプラチナチケットが届いた手配中の犯人たちは、たいてい有頂天になるそうです。そして当日、大喜びでぞろぞろとスタジアムに現れたところを一網打尽にするのです。騙されているとも知らず、のこのこ現れる犯人は相当な間抜けですが、それよりも身の回りに細心の注意を払い、徹底した逃走を企てる百戦錬磨のギャングたちさえも夢中にさせる「スーパーボウル」の魅力はすさまじいものです。

さて、日本の間抜けな男の方ですが、この期に及んでなお「留置場でも給付金は受け取れるんでしょうか」と心配しているそうです。今回の給付金は、服役中であろうと住所さえあれば給付されます。彼が決死の思いで届け出た「現住所」は意味のあるものでした。だとしても、彼の口座に振込む額は十万円から盗んだ七万七千円を差し引いた二万三千円で十分です。

(2020/06/12)

遺産八千八百万円差し上げます

詐欺事件は騙す方が悪いのは当然ですが、それでも「騙される方も……」という事件です。

ありもしない話を持ちかけられ、三十九歳の女性が電子マネー約二百五十万円分を騙し取られるという事件が二〇二〇年五月にありました。警察によると、兵庫県三木市に住む三十九歳の女性に、会計士を名乗る人物から「末期がんで余命半年の方の一人娘の話し相手になると、八千八百万円の遺産が受け取れる」という内容のショートメールが届いたそうです。それを見た女性が返信すると、次には「受け取るためには登録料がいる」「遺産の送金に高度なシステムがいる」などの案内が届きました。

女性が返信した時点で、詐欺犯は「カモがかかった」と小躍りして喜んだことでしょう。欲に目がくらんだ相手を騙すのに苦労はありません。

電子マネーの「ビットキャッシュ」を購入するよう指示された女性はすぐに買いに走り、そして「ビットキャッシュ」を使うための記載番号を伝えました。どこの世界に「話し相手」をしただけで八千八百万円もくれる人がいるというのでしょう。冷静に考えればすぐにわかることも、八千八百万円という金額に舞い上がっている状態ではどうにもならなかったようです。

さらにこの女性には「あなたに慈善金が当たりました。一時金を払えばもらえます」との別のメールも届き、同様に「ビットキャッシュ」を購入し、その都度使える番号を相手に伝え計七十三回にわたって合計二百五十二万円分の電子マネーを騙し取られたということです。これは間違いなく同一犯の仕業です。いいカモが見つかったと思って、いろんなネタでお金を巻き上げようと考えたのでしょう。ところが、女性は「遺産だけでなく慈善金まで当たるなんて、なんてラッキーなの」と考えていたのですから、おめでたいというかなんというか……。

事件の発覚はひょんなことからでした。入金も終わり、さっさと話し相手をして遺産をもらう権利を確定したい女性でしたが、その後、話が一向に進みません。業を煮やした女性がメールで相手に確認したところ、誤字・脱字だらけの返信メールが届きました。そこで初めて「これはおかしい」と警察に相談したのですが、後の祭りです。

誤字・脱字が多いのは、発信元が日本以外で外国人が関わっていたからかもしれません。この手の犯罪の多くは、追及を逃れるために国外のサーバーを使うケースがほとんどだからです。それにしても随分と呑気な女性です。よくもまあ疑いもせずに七十回以上もメールのやり取りをしていたものです。それに最後のメールもきれいな文章だったら、永遠に騙されたままだったと考えると、ちょっと哀れでさえあります。(2020/06/19)

俺は眠たかった

兵庫県警尼崎南署が住居侵入の疑いで、住所不定無職の四十九歳の男を現行犯逮捕したというニュースが二〇二〇年九月にありました。この男は尼崎市内に住む二十四歳の飲食店店員の男性宅に許可なく侵入していたのです。しかし、その目的は金品を盗もうとしたのでも、男性に危害を加えようとしたのでもなく、ただ〝寝るため〟だったといいますからビックリです。

家の住人の店員男性は夕食をとるため午後九時ごろ外出し、十二時十分に帰宅しました。ところが無施錠のまま出かけたはずの玄関ドアが開けようとしてもびくとも動きません。どうやら中から鍵がかかっているようです。不審に思った男性が業者を呼んで解錠して中に入ると、なんと知らない男が自分のベッドで寝ているではありませんか。怖くなった男性はいったん外に出て一一〇番通報し、駆け付けた警察官が男を取り押さえました。

男は「寝る場所がなかった。鍵がかかっていない部屋を探し回っていた」と容疑を認めているということです。それにしてもこの物騒な世の中で、よく鍵もかけないで三時間も留守にするものです。

無施錠といえば今から四十年以上前、京都の学生下宿に住んでいたころは私も鍵なんてかけていませんでした。いや、私だけでなく近所の同級生たちの大部分がそうでした。盗られるものが何もないことのほかに、留守中に訪ねて来た友人が中に入れるようにしておくためです。それでも泥棒騒ぎはほとんどありませんでした。泥棒にも相手にされていなかったのか、あるいは本当は侵入されていたのに気付かなかっただけなのか定かではありませんが、随分とのんびりした時代だったことだけは間違いありません。

現代の学生たちは決してまねをしないように。それにしても本来の部屋の住人が開けっ放しにしていた部屋を、勝手に入り込んだその部屋となんの関係もない者がしっかり戸締りをして住人を締め出す、なんともけったいな事件でした。

(2020/09/25)

小学生以下の先生

「下駄箱の上履き隠し」は小学生のする典型的な〝いじめ〟ですが、まさかそれを先生がするなんて……。

二〇一九年五月から二〇二〇年六月にかけ勤務先の東京都あきる野市内の小学校の児童三人の上履きを隠して使えなくしたとして、三十八歳の男性教諭が器物損壊容疑で再逮捕されたというニュースが二〇二〇年十月にありました。

なぜ再逮捕なのかというと、この教諭は既に同年九月に児童の防災頭巾や筆記用具に「しね」「きしょいよ、きみ」などと落書きをして同じく器物損壊容疑で逮捕されていたからです。こちらも年端のいかない子供のする〝いじめ〟そのものの行為です。そんな数々の〝いじめ〟が起きているにもかかわらず、児童にいじめっ子が見当たらないことで、知らせを受けた警察が、関係者への聴取や防犯カメラの画像を調べたところ、この男性教諭が浮上し彼のロッカーからなくなっていた三足の上履きが見つかったことで逮捕となりました。

警察に届けた校長先生もまさか犯人が先生だったなんてさぞかし驚き、また情けなかったことでしょう。本来、教育者たるもの〝いじめ〟の撲滅に尽力しなければならないのに、率先して〝いじめ〟に精をだすのですから呆れてしまいます。

教諭は調べに対し「ほかの教員があまり仕事をしないので、憂さ晴らしでやった」など供述しているそうですが、なぜほかの先生への不満が児童に向くのかわけがわかりません。同僚には面と向かっては何も言えないばかりか、バレたときに反撃できない弱い相手だけを狙うこの男のやり口には反吐が出る思いです。こんな奴がいままで教室でえらそうに人の道を説いていたと思うと怒りで身体が震えます。

この小学校では、三年ほど前からリコーダーや文具が紛失する被害が約百件相次いでいたそうですが、これらもこの教諭の仕業に間違いないでしょう。つくづくつまらない男だと思います。

(2020/11/06)

消防車両で同僚を救出

泥酔した挙げ句に警察に保護された大阪・岸和田市消防本部の二十代消防士を、同僚が消防車両を使って迎えに行ったというニュースが二〇二一年四月にありました。

この消防士は職場の仲間七人と市内の居酒屋で懇親会を開き、二次会までたらふく飲み食いして解散したあと未明の路上で寝ていたところを警察官に保護されました。警察が身元を確認して消防士の家族に連絡しようと試みましたがうまくいきません。仕方なく職場の消防署に連絡したところ、こちらはすぐに当直の職員とつながりました。そりゃそうです。日本中どこを探しても出かけていて連絡がつかなかったり、留守番電話にしている消防署なんてありません。ありがたいことに彼らはいつでも緊急出動できるように待機してくれているのです。そこに、まさかの〝同僚救出〟の要請です。

ところがここからの行動が不可解です。あろうことか勤務中の消防士四人が災害現場で活動の指示をする指揮車と警備活動車の二台に分乗し迎えに行ったのですからわけがわかりません。普通の感覚なら一人で自家用車を使って引取りに行くものですが、なぜ四人もの人数でそれもわざわざ批判にさらされかねない消防車両を使ったのでしょう。市消防本部は「もしも災害が起きたら、そちらが優先なので直行できるよう、責任者が乗る指揮車など二台で迎えに行った」と言っていますが、ベロベロに酔った人間を連れての消火活動ができるなんて到底思えません。言い訳にしても、もう少しましなものを考え付かなかったのでしょうか。

私は「すべての会食は悪だ」と言うつもりはありませんが、このご時世多人数の会食だけでも非難されるのに、さらに酔っ払ってその後始末に消防車両を使ったら叩いてくださいと言っているのと同じです。火を消さなければいけない消防が火に油を注ぐのですから困ったものです。

（2021/04/09）

卒塔婆を振り回す男

墓を冒瀆する行為をしたとして自称・ユーチューバーの二十八歳の男が逮捕されたというニュースが二〇二〇年十二月にありました。

この男は、会計前の魚の切り身を食べるなどして逮捕・起訴された迷惑系ユーチューバーの弟子を名乗り、あろうことか山口県防府市の墓地で他人の墓の上に土足で上がり、卒塔婆を振り回しながら奇声を発するなどしていたのです。もし、百田家先祖代々の墓に上っている奴がいれば、私はすぐさま引きずり降ろし、顔の形が変わるくらい殴りつけることでしょう。古今東西それほど墓は人間にとって神聖で大切なものです。

逮捕のきっかけは、このとんでもない様子を写した動画がＳＮＳ上で拡散されているのを警察が見つけたことですが、自ら動かぬ証拠を提供するのですからマヌケとしか言いようがありません。

　調べに対し男は「再生回数を増やしたかった。悪いことをしている認識はあったが、犯罪になるとは思わなかった」と話しています。子供は物心がつくと最初に「他人に迷惑をかけてはいけない」と教えられます。それなのに二十八歳にもなった大人の男がいけないことだと知りながら、犯罪にならなければなにをしてもいいと考えているのですから情けない限りです。そもそも〝迷惑系ユーチューバー〟なんていう、あたかも世間に認められ確立された職業のような呼び方にも違和感があります。彼らの「やっていいこと、悪いこと」の基準は動画の再生数がすべてで、それの多いことが何よりも価値があると考えているのです。そこには道徳や常識は一切ありません。彼らは「面白さ、感動」よりも、それがたとえ嫌悪であろうと再生数につながる「刺激」のみを求める愚かな人種なのです。

　だれでも自由な表現が許されるのがＳＮＳの良いところですが、こんな奴らが跋扈するるのであれば規制もやむなしです。一般的には精神障碍者への差別的な表現にあたるとされるため使わない言葉ですが、あえて彼らを蔑み差別するために言います。「〝迷惑系ユーチューバー〟は正真正銘の〝キチガイ〟です」と。

（2020/12/11）

アホ丸出しのテレビ局員

フジテレビのお昼の番組「バイキング」で、全国一斉の緊急事態宣言が解けたあとに人出が増えたことを示すため、二〇二〇年五月十七日の若者でにぎわう原宿・竹下通りの様子として伝えられた映像が、実は宣言前の三月に撮影されたものだったことがわかりました。実際の十七日は、東京都が依然として宣言発令中だったこともあり、人々は外出自粛を続けており、以前の賑わいはなく閑散としたものだったのです。番組としては街中に「気の緩み」が出ているという体にしたかったようですが、それらしい映像は撮れません。それに対して三月はまだ緊急事態宣言発出前でしたから、そこそこの人出があり番組制作者にとって都合がよかったのでしょう。まったく違う日付の映像をぬけぬけと使うのですから、でたらめにもほどがあります。

しかし、悪いことはできません。番組を見ていた視聴者から、「あの映像は五月ではない」とのクレームが入りました。その理由が痛快です。指摘者は映像の中に写り込んでいたファストフード店のポスターを見逃さなかったのです。そのポスターには、しっかりと三～四月限定の商品が写っていたのです。大手ファストフード店が終了したキャンペーンポスターをいつまでも貼りっぱなしにすることはありません。フジテレビも観念してあっさりと不正を認めました。

また、テレビ朝日の「モーニングショー」でも、千葉市にあるＪＲ蘇我駅に車両を撮影するために集まった鉄道ファンの様子を伝える五月十九日の画像が、これもまた三月に撮られたものだったことがわかりました。こちらも番組を見ていた鉄道マニアの「写っている車両は五月には千葉にない」との指摘で発覚したものです。一瞬見えた車両の型式だけで、その運行時期を判断できる鉄道マニアおそるべしです。

私もテレビの世界に長らく携わっていますのでわかりますが、番組で使用する映像素材には撮影場所や日付が必ず記載されています。間違って使うことはあり得ません。今回の二件も意図してやったと考えるのが自然です。そんな視聴者を欺く行為も、どちらも局のアナウンサーがしれっと謝罪して終わりですからふざけた話です。

「天網恢恢疎にして漏らさず」という言葉がありますが、インターネットが発達し一億総探偵となった現代の網の目は、まさにミクロン級の細かさです。どうせバレやしないと高をくくっている愚か者たちは、それにいい加減気付くべきです。

（2020/06/04）

第二章　欲望の迷宮

つくづく人の性欲は千差万別、複雑怪奇と思わせる章です。これも今、流行りの多様性というものでしょうか。しかしここに登場する連中は、とっておきの「アホ丸出し」に違いありません。

側溝の哲学者

兵庫県神戸市で、道路の側溝に入って上を歩く女性のスカートの中を覗こうとした二十八歳の男性会社員が逮捕されるという事件が二〇一五年十一月にありました。

男は真夜中の午前三時に格子状の鉄のふたをはずして、幅約五十五センチ、深さ約六十センチの側溝の中に入り、再びふたをして、そこに仰向けで寝そべったまま、明るくなるまで時を過ごし、朝になって通勤する女性が側溝の上を歩くのを待っていたのです。

朝八時前、ある女性が側溝のふたから髪の毛が出ているのを見て不審に思い、覗きこんだところ、格子越しに男が上を向いて寝ているのを発見しました。

もし私が側溝の中を覗きこんで、そこにいる人と目が合ったら、飛び上がるくらい驚きそうです。夜、周囲に誰もいない状況でそんなことになったら、悲鳴を上げそうです。女性からすればトラウマになりそうです。数ある下ネタ事件でも、これほど凄いのはなかなかありません。

ところで、これは絶対に初犯ではないと思い、ネットを探すと、二年前に、同じ神戸で同じ犯罪をしている男のニュースを見つけました。年齢は二十六歳となっていたので、まず同一犯と見て間違いないでしょう。

そのニュースにはすごいことが書いてありました。なんと、男は近くの川につながる排水溝から側溝に侵入し、女性のスカートの中が見えるかもしれない鉄製のふたのところまで、幅三十センチの土管の中を二十メートル以上も移動したというのです。凄まじい執念としか言いようがありません。皆さん、想像してください。幅三十センチしかない汚水と泥だらけの土管の中を二十メートルも進めますか。しかも、その動機がスカートの中を覗きたいというだけなのですよ。

ところで、側溝の中から鉄の格子越しに、歩く女性のスカートの中がはたして見えるものなのでしょうか。パンツが見えるには、ちょうど目の前で足を開かないとだめだと思うのですが、そんな絶妙なタイミングがそうそうあるとは思えません。しかもその時間はほとんど一瞬で、なおかつスカートの中なので相当暗いと思うのですが……。もしかしたら、男は心眼で見ていたのかもしれません。そしてその一瞬こそがまさしく至福の時だったのでしょう。

しかし私を唸らせたのは、この時に逮捕された男が言った言葉です。

「生まれ変わったら、道になりたい」

犯罪者の言葉で、これほど哲学的な名言がかつてあったでしょうか。

(2015/11/13)

妖精に恋したお爺さん

岐阜市内のビルに正当な理由なく立ち入ったとして、建造物侵入の疑いで八十七歳の男が現行犯逮捕されたというニュースが二〇二〇年一月にありました。と、言ってもこの男は決して盗み目的でビルに入り込んで実行に移す前に見つかって捕まったのではなく、常人にはとても理解できない奇妙な行動で逮捕されたのです。

このビルの一階には妖精のような女性が手を広げている銅像が設置されていました。

多くの人はただ通り過ぎるだけだったその銅像の前で立ち止まったこの爺さんは、あろうことか銅像の胸に手を伸ばし脇目も振らず一心不乱に揉みはじめたものですから、周りの人たちは驚きました。揉んだといっても銅像ですからカチカチです。どう考えても触り心地がよいとは思えませんが、彼にとっては十分満足できるものだったのでしょう。

これはどう見ても異様な光景です。彼の行為を見ていた人は当然のように警察に通報しました。駆け付けた警官もさぞかし困ったと思います。なにせ被害者が銅像なだけに強制わいせつで検挙するわけにもいかず、かといってどう見ても異様な光景なので放置するわけにもいかず、それで仕方なく「建造物侵入」として逮捕したようです。

しかし、これは明らかに別件逮捕でしょう。なぜならこのビルの一階は誰でも入れるオープンスペースだったのですから。老人にしてみれば、「おとり捜査」にやられた気分だったのかもしれません。妖精は悪魔だったのです。

(2020/02/07)

進化する肘

警視庁蒲田署が東急電鉄・蒲田駅で女性に体当たりを繰り返していた四十五歳の男を暴行容疑で逮捕したというニュースが二〇二〇年七月にありました。暴行といっても男の目的は女性にけがをさせることではなく、自らの肘を被害女性の胸に押し当てることだったといいますからなんともおぞましい話です。

男は「たまたま女性の胸が当たった感触が良くて、訴えられないようにする方法を考えた」とそれ以来、出勤ラッシュで駅が混雑する時間帯を狙い、偶然ぶつかったふりをして女性の胸に肘を押し当てていたということです。こんなしょうもないことでも、男にとってはすごい大発見だったのでしょう。以来、それを繰り返していたというわけです。しかし被害女性にとっては、これほど気持ち悪いことはないでしょう。

ところで、人間の身体で最も鋭敏なところは「舌の先」で、わずか一ミリ間隔の二つの点を識別できるといいます。また日常的に使うところではやはり指先も敏感です。それにくらべ肘はいたって鈍感です。みなさん一度肘をつねってみてください。あまりにも痛みを感じないことに驚くと思います。

そんな肘でも飽きもせず犯行を重ねていたのは、おそらく男の肘は〝進化〟していたのだと思います。狙いをつけてぶつかる瞬間、身体中の全神経を肘に集中させ「変態の一念岩をも通す」とばかりに、あたかも指先並みの感覚となっていたのでしょう。

男は「五月頃、社会人として恥ずかしいと思ってやめた。今はやっていない」と供述していますが、六月や七月にも同様の犯行を重ねていたのは防犯カメラの映像から明らかです。それでもなお男が「やっていない」と言い張るのなら、肘に神経を集中するあまり脳みそが〝退化〟して記憶が出来なくなってしまったのだとしか思えません。

（2020/07/17）

理想の女性になるため？

二〇二〇年二月、二度にわたって仙台市にあるホテルの女湯の脱衣所に女装をして侵入し、女性客三人の下着六点を盗んだ総務省・東北総合通信局の五十八歳の前局長に対する初公判が仙台地方裁判所で開かれたというニュースがありました。総合通信局の局長といえば、れっきとした官僚です。そんな人が見つかれば地位も名誉も失うハレンチ行為に及んだのには、なんとも身勝手な理由がありました。

建造物侵入と窃盗の罪に問われているこの男は起訴内容を素直に認めた上で、動機を「十年ほど前から女性になりたい気持ちを抑えられなかった」「被害者女性の下着を身に着ければ、理想の女性になれると思った」と答えたのです。

しかし、彼のこの供述はいささか信憑性に欠けます。なぜなら、もし本当に自分の理想とする女性になりたいのなら、ランジェリーショップで好みの下着を買って着ればいいだけです。それを生身の女性が直前まで身に着けていて、まだ温もりの残る下着をねらうのは確固とした〝男〟の部分の表れにほかなりません。

女装をしていたのは女湯に忍び込むための作戦であり、この前局長は決してLGBTなんかじゃない生粋の〝男〟のド変態野郎で間違いありません。それでもなお「女性になりたかった」と言い張るのなら、お望み通り〝チンチン〟を切り取ってやりましょう。

（2020/07/03）

怪奇！ なめ男の生態

痴漢行為は例外なく不愉快なものですが、これほどまでに気色悪いものは聞いたことがありません。

女性の髪の毛をなめたとして、四十五歳の無職の男が逮捕されたというニュースが二〇二〇年十月にありました。「暴行」の疑いで逮捕されたこの男は、札幌市内を走行中のバス車内で前の席に座っていた二十代の女性の髪の毛をベロベロとなめていたのです。

触るでも撫でるでもなく、唇と舌で女性の頭髪を味わうそのおぞましい姿は想像するだけで虫唾が走ります。幸か不幸か女性はロングヘアで被害に気が付いていませんでしたが、目撃した高校生が学校で教職員に報告し、学校からの通報で事件が発覚しました。

たしかに髪の毛には神経はありませんので、気がつかないこともあるかもしれないと考えると、この男は今回が初めてではないと思われます。徹底して余罪を追及してもらいたいものです。

男は調べに対し「かわいかったから性的興奮のためやりました。女性の体に触る勇気がなかったので髪をなめた」と容疑を認めているそうですが、「触る勇気」と「なめる勇気」はどう違うのでしょう。私などは公の場で見知らぬ女性の髪をなめるほうがより勇気が必要と思うのですが、変態の考えることは理解できません。

なめるといえば、名古屋市では十八歳の女性の自宅などに押し掛けるストーカー行為をしたとして四十七歳の男が逮捕されています。ストーカー規制法違反の疑いで逮捕されたこの男はまったく面識のない女性の自宅を三回にわたって訪れていたのですが、多分女性に気付かれずに後をつけ家までついて来たのでしょう。自宅を覚えられた女性はさぞかし怖い思いをしていたことだと思います。

逮捕のきっかけは女性の自宅の自転車置き場で「自転車のサドルをなめる男がいた」

という通報があり、防犯カメラの映像などから男が特定されたのですが、もし我が家の玄関先に止めてある自転車をなめる者がいたら、男の私でも震えてしまいます。

今回の二つの事件の犯人はどちらも四十代の普通の見てくれの男だっただけに不気味です。行燈の油をなめる「化け猫」、風呂桶をなめる「垢ねぶり」など〝なめる〟妖怪は数々いますが、彼らは人間の姿をしていないだけまだ良心的です。

（2020/11/06）

自転車サドルへの愛

サドルをなめる男の話をしましたが、世の中には「サドルマニア」というのがいるようです。

二〇一九年十一月、大阪府警河内署が東大阪市の駅前やマンション駐輪場に止められていた自転車二台からサドル二個を盗んだ疑いで、静岡県に住む五十七歳のトラック運転手を逮捕したというニュースがありました。尾崎豊の歌に「盗んだバイクで走り出す」という歌詞がありますが、盗んだのがサドルだけではどこにも行けません。それなのになぜ自転車本体には目もくれずサドルだけを狙ったのでしょう。

性癖は人それぞれですから、好みの女の子のお尻がくっついた自転車のサドルをこよなく愛す変わり者がいても、その心理はまだ少しは理解できます。しかし今回のように駅前に止めてある自転車では、脂ぎった小太りの汚いオッサンが通勤に使っていたものの可能性もあります。そんな得体のしれないものに頬擦りしたり、なめたいと思う心理はまったく理解できません。

そして、この男の犯行が明らかになると、私は唖然としました。彼はトラック運転手という立場を利用して全国各地の行く先々で二十五年の歳月をかけ、なんと約五千八百個ものサドルを盗んでいたのです。そしてそれらをそのためだけにわざわざ借りた倉庫に、一個ずつ丁寧にポリ袋に入れ保管していたのです。これはもう単なるフェチを超えた「サドル愛」と呼ぶべきものでしょう。

これほどまでサドルに執着するとは、もしかしたら、彼自身も尻に敷かれる人生を歩んできていたのかもしれません。同じ境遇にあるサドルこそが唯一の心を許せる友達だったとしたら、悲し過ぎる物語です。

(2020/03/06)

ぼくの○○は何点?

コロナ以前には東京なら渋谷や新橋、大阪なら阿倍野や戎橋で街頭アンケートと称して、道行く若い女性を引き留める光景が頻繁に見られました。そのほとんどは、需要動向を探ることを目的に簡単な質問に答えるだけで謝礼の品をもらえるというものですが、すべてが本物の市場調査というわけではなく、中にはそれをきっかけに高額商品の購入につなげるものや、いかがわしい団体への勧誘もあるようで注意が必要です。

神奈川県警横須賀署が五十二歳の男を公然わいせつの疑いで逮捕したというニュースが二〇二一年二月にありました。この男は横須賀市の京急汐入駅近くで十七歳の女子高生に「アンケートに協力してほしい」と声をかけて近くの駐車場に連れ込み、三千円を渡して下半身を露出していました。「これのどこがアンケートなんや」と思いきや、男はその際「十点満点で何点か評価して」と言ったとなると、なるほどたしかにアンケートにも思えます。

さらに男はこの女子高生への行為の三十分ほど前にも、近くの駐車場で二十代女性に五千円を渡して同様の〝アンケート〟をしており、なかなか熱心な街頭アンケートマンだったようです。

露出狂の喜びは私には理解できないものですが、やはりじっくりと見てもらいたいという気持ちがあるのではないでしょうか。しかし、女性の前でいきなり一物を露出すると、ほとんどの場合、女性が逃げ出して、とてもじっくりとは見てもらえないと思います。

そこで彼が考えたのが「アンケート形式」だったのかもしれません。何しろ点数をつけるにはじっくり見なければならないのですから。そう考えると、彼はなかなかの知恵者です。それもそのはず、この男は日本を代表する電機メーカーの幹部社員だったのです。私はこの「アンケート形式」の発見に、彼の高い知能を見ます。

ところが、彼に足りなかったのはリスク計算です。この行為が発覚すれば、失うものがあまりにも大きいという実に簡単なことに頭が回らなかったのです。優秀な大学を出て有名メーカーに入社して幹部社員にまでなったのに、こんなことがわからなかったのです。女子高生相手に〝棒を振って〟人生を棒に振るなんて、とんだお笑い種です。

ちなみに女性たちがアンケートに何点をつけたのかは記事は伝えていません。

（2021/02/06）

正常と異常の境界

佐賀県警鳥栖署が県迷惑防止条例違反（ひわいな行為）の疑いで、熊本市に住む五十七歳の自称無職の男を逮捕したというニュースが二〇二〇年十一月に佐賀新聞に掲載されました。

この男の逮捕容疑は二〇二〇年七月、午後三時ごろといいますから真昼間です。みやき町にある商業施設の駐車場に止めた車の中から、買い物に訪れていた二十代の女性に向かって、自分が着ていたTシャツをまくり上げ自らの乳首を触る姿を数分間、見せつけたというものでした。

昨今の男女平等の風潮から、いよいよ〝男の乳首〟もわいせつの対象になったのか、あるいは乳首を露出するだけならセーフだったのに触っていたことがひわいと判断されたのかは定かではありませんが、なんとも不思議な事件です。こういう事件はなかなか全国紙には載りません。

警察によりますと、男の行為に気づいた女性が一一〇番通報し、車のナンバーなどから男を特定したということですが、果たして犯罪として立件できるのか興味深いところです。

男は調べに対し「私がしたことに間違いありませんが、わざと女性に乳首を触っている姿を見せたわけではありません」と、容疑を一部否認しています。たしかに純粋に乳首が痒くて掻いていただけだとしたら、それだけで犯罪者にされてしまうのは酷というものです。

しかし、通報していることからも女性が嫌悪感を覚えたのは間違いありません。女性の権利を尊重しながら男の立場を守る境界線はどこに引けばいいのでしょう。これはなかなか難しい問題です。

そこで私は考えました。もし男が女性と目を合わせながら乳首を触り続けていたら犯罪の可能性ありで、そのとき男の口元が緩んでいたらこれはもう完全にアウトということでどうでしょう。佐賀新聞にはぜひ今後の捜査の行方を詳しく伝えてもらいたいものですが、世間的にはまるでどうでもいいことですね。

(2020/11/20)

交番は交わるところではない

兵庫県警尼崎東署の警察官の男女が深夜に交番の休憩室でいかがわしい行為をしたとして、減給などの処分を受けたというニュースが二〇二〇年三月にありました。

言うまでもなく、交番とは街中にある警察官の詰所のことで、事件事故が発生した時に迅速に対応するだけでなく、道案内や落とし物の処理など市民生活に密着した業務もこなします。市中に警察官がいるということで犯罪の抑止にもなり、その効果を認めた多くの国が「KOBAN」として同様の施設を設置する、日本が世界に誇るシステムです。知らない街で夜半に道に迷ったときに、交番の赤色灯にほっとしたなんて話も聞きます。

そんな市民が絶対的な信頼を寄せる交番で、三十二歳の既婚男性巡査部長と二十一歳の女性巡査が二〇一九年十二月から二〇二〇年二月にかけ人目を忍んで深夜や未明に性行為をしていたのですから驚くやら呆れるやら。聞き取りに対して「二人きりになったらそういう雰囲気になった」と話していますが、交番は「交」代で「番」をするから「交番」なのであって二人ともバックヤードに入ってしまっては困ります。それとも二人は「交番」は「交わる」ところと思っていたのでしょうか。

県警はその間に市民が訪ねてきたり緊急出動できなかったりといった職務上の支障はなかったとしていますが、女性警官は制服を着ている上に手錠も完備されている、マニアにとってはたまらないシチュエーションだっただけに夢中で気が付かなかった、なんてことはないのでしょうか。二人の秘め事の発覚は、ほかの警察官が上司に相談したことによるものでした。交代の時間になって交番を訪れると、奥の部屋から怪しげな声が。

賭場や売春の現場にいきなり踏み込んで「そのまま！」と叫ぶことは警察の実録物の番組でよくあるシーンですが、まさか同僚相手にそうすることもできず、さぞかし困ったことでしょう。

（2020/03/27）

交番で交わる事件パート2

二〇一九年十二月から二〇二〇年二月に兵庫県警尼崎東署の警察官が交番で男女の行為をしていたと書きましたが、なんと兵庫県警では、それ以前にも別の警察官が交番で「いたして」いたことがわかりました。しかも同じ不倫関係です。兵庫県警では不倫カップルが交番で「いたす」のが流行りなのでしょうか。それとも兵庫県警の交番はラブホテルなみに淫靡な造りになっているのでしょうか。

そのうえ今回は二人ではなく三人です。県警は同僚警察官二人と不倫関係にあった二十九歳の既婚女性巡査部長を減給三ヵ月の懲戒処分にしました。

信頼を重んじる警察官といえども男と女が一緒にいれば不倫関係に陥ることもあるでしょう。しかし、彼女の場合は「いつでも・どこでも・だれとでも」ともいうべき常軌を逸した奔放なセックスライフが署内で目に余ったようです。

この女性警官は二〇一九年秋、交番勤務中に当時付き合っていた二十六歳の巡査長（既婚者）へ「差し入れに来て」とLINEで連絡をしました。それを読んだ巡査長は取るものもとりあえず大急ぎで彼女のもとに駆け付けました。そして彼は差し入れを〝さし・入れ〟と勘違いしたのか、神聖であるべき職場の交番でためらいもなく性行為に及んだのです。なんという慌て者、また彼女の希望をすぐにかなえてあげようとする優しい男性なのでしょう。

そんな素敵な巡査長でしたが、ほどなくして破局が訪れました。そして彼女は次に三十三歳の巡査部長（こちらも既婚）と二〇二〇年三月ごろから付き合い始め、今度は巡査部長が当直の仮眠室などに押しかけ愛を育んでいたそうです。交番や当直室、いつ誰に覗かれるかわからないような場所で、それも片方が勤務中によくもまあ大胆なことです。それほどまでに〝したかった〟とはさかりのついた野良犬並みです。

常に周りに男が群がる女性、いわゆる〝モテる〟女性には二通りのタイプがあります。一つは外見、または内面が極めて魅力的な女性で男たちはなんとか自分の方を振り向いてもらおうと躍起になります。もう一方は誰にでも〝させる〟女性です。そんな女性の前には常にしたくて仕方がない男たちが順番待ちの列をなします。今回の女性巡査部長がどちらのタイプだったのかは定かではありませんが、事案の発覚が内部通報だったことからも、彼女は署内で相当目立った存在だったことは間違いありません。

ところで破廉恥な行為がばれ処分された女性巡査部長ですが、事実を知った同僚に「なにしてんねん」などと〝つっこまれ〟署内で〝ぬき・さし〟ならなくなったのか依願退職したとのことです。

(2021/06/04)

学園ドラマ?

交番は特別として、世の中には、家やホテル以外の場所で交わりたいというカップルが少なくないようで、二〇二〇年には某有名タレントが多目的トイレで女性と交わったということで話題になりましたが、こちらは一般人の事件です。

大阪市の二十七歳の男性教師が、自分が勤務する市立小学校で女性と交わったとして、停職二ヵ月の懲戒処分を受けたというニュースが二〇二〇年四月にありました。

記事によりますと、男はSNSで知り合って何度か会っていた成人女性を誘い、深夜に勤務先の小学校に赴きました。そして暗証番号を入力して門を開け、校内に侵入し性行為をしていたのです(残念ながら記事には、その場所が教室か職員室か校庭かまでは書いていませんでした)。

男性教諭は事実を認めたうえで「学校ですることでスリルが感じられると思った」と説明しています。たしかに非日常のシチュエーションは刺激的です。ましてやそれが性的なものであればなおさらです。しかし、だからといって自分が昼間、いたいけな児童たちと過ごしている場所でいたそうと思うものでしょうか。どう考えても変態です。

発覚は女性から市教委に教員としての適格性に欠ける旨のメールが届いたことによるものでした。女性は一緒に事には及んだものの、どうやらそこまでの変態ではなかったようですが、投書するくらいなら小学校でのセックスも拒否してもらいたかったものです。


(2020/04/17)

暗い過去を持つ男

埼玉県警大宮西署が強制わいせつの疑いで八十三歳の無職の男を逮捕したというニュースが二〇二〇年七月にありました。逮捕容疑は自身の介護のために一人暮らしの自宅を訪れてくれた四十代の女性介護士を「俺の過去を知っているよな。簡単に五百人を動かせる」などと言って脅迫した上で、腕をつかんで引き倒し体を触るなどした疑いです。

超高齢社会の我が国では、訪問介護はますます盛んになっています。そして、その多くは女性介護士一人での訪問です。二人ペアなどで行動すれば今回のような事件は防げるのでしょうが、人件費の問題だけでなく介護職に就く人手が足りないこともあり、十分な予防策を施せないのが実情のようです。そこにつけこんでの犯行は絶対に許すことはできません。

訪問介護が危険な仕事になれば益々なり手が減ってしまいます。こんな一部の不届き者のために訪問介護システムが崩壊するようなことはあってはなりません。要注意人物には金輪際、介護の手を差しのべる必要はないと思うのですが、そう言うと、また〝人権派〟が「弱者を見捨てるのか」なんて騒ぎ立てるのが不愉快極まりありません。こんなエロじじいのどこが弱者なのでしょう。都合のいいときだけ弱者のふりをするのはやめてもらいたいものです。

そもそも、この爺さんは女性とはいえ三十歳以上も年下を引き倒す力があるのになぜ介護が必要なのでしょうか。あまり言いたくはありませんが〝介護保険〟にも公金が投入されています。誰でも彼でも求められたからと言ってサービスを提供していたら財源はいくらあっても足りません。今後はより厳格な審査をしてほしいものです。

さらに、この男が本当にそんなに簡単に人を動かせるのなら、なにもわざわざ介護を依頼せず、その人たちに面倒をみてもらうべきです。男が以前どんな仕事、またどんな地位にいたのかは定かではありませんが、いずれにせよ今はただの犯罪者に過ぎません。

今後の五百人を動かす号令は刑務所の中からかけることになります。なんとも哀れな男ですが、彼はまったくのデタラメを言ったわけではありません。なぜなら五百人はオーバーだとしても、今回の騒動で、彼の為に警察やマスコミなどそれなりの人数が動いたのは間違いないのですから。

（2020/07/10）

隣は何をする人ぞ

北海道条例で店舗型性風俗の営業が禁止されている地域にあるアパートの一室で、性的サービスをする風俗店を営業したとして、四十四歳の男が逮捕されたというニュースが二〇二〇年十一月にありました。

男は「メンズエステ店」としての看板を掲げて営業していましたが、悪いことはできません。善良なるアパートの住人から「隣の部屋から女性のあえぎ声が聞こえる」と警察に通報があり、性的なサービスをする風俗店だということがバレてしまったのです。

風俗店といえば雑居ビルやマンションにあるものと思っていましたが、まさかアパートにもあったなんて驚きです。アパートは入居者数が限られるだけでなく、構造的にも防音効果が乏しいので、不特定多数が出入りして、昼夜を問わず艶めかしい声が聞こえてくれれば怪しまれるのは当然です。いくら店の名前を「メンズエステ店」としても、あえぎ声が漏れてはだめでしょう。この男は札幌市内の他のアパートでも同様のメンズエステ店を五店舗も経営しているそうですが、今ごろ集音器を携えた捜査員が急行していることでしょう。

ところで摘発のきっかけとなった住人が聞いたあえぎ声は、はたして本物だったのでしょうか。素人のテクニックなんて屁とも思わない百戦錬磨の風俗嬢が、客相手に本気であえぐことはまずあり得ません。多分、嬢はサービスのつもりであえて大きな声を発していたのでしょう。「雉も鳴かずば撃たれまい」ではありませんが、仕事熱心もほどほどにと感じたニュースでした。

(2020/11/13)

誰かが見ている

あこがれの君への想いを文に託す〝付文(つけぶみ)〟。SNSはもちろん、電話もなかった時代の恋愛の始まりはもっぱら手紙でした。どこの誰だかわからない人を、その文面だけから想像するのですからなんとも風流なことです。粋な歌や美しい文字の主は教養が高いとされやはりモテたようで、いつの時代もアホは相手にされません。

ところで、女心を少しも理解できないとんだアホが現れました。「ご迷惑じゃなかったら」との書き出しで、自分の連絡先を書いたメモを複数回にわたって女性に渡していた三十三歳の会社員の男が逮捕されたというニュースが二〇二一年二月にありました。この男は二〇二〇年から二〇二一年にかけ、近所に住む見ず知らずの二十代女性に近づきメモを女性のバッグに三回入れたほか、スーパーやコンビニでつきまとったりしていました。捨てても捨ててもバッグの中に入っているメモに女性はさぞかし戸惑ったことでしょう。

「ご迷惑じゃなかったら……」と一見紳士的な言葉で始めてはいますが、女性からしたらただ気持ち悪いだけです。仮に最初は「どこかで見染められたのかしら」と一瞬喜んだとしても、それが複数回となると「どこかから見張られている」と怖く感じるものです。そんな自分を恐怖に陥れる男に、自ら連絡する女性なんているわけがありません。あるいは男は自分を光源氏とでも勘違いして、どんな女性も自分のことが大好きと思っていたのでしょうか。いずれにせよ正真正銘のアホとしか言いようがありません。

とはいえ、私は最初このニュースを読んだ時、男に少し同情したのも事実です。もしかしたら男はとても気が弱く、女性に声を掛ける勇気がなく、メモをバッグに入れるくらいしかできなかったのかと。だとすれば、マヌケな行為だがその純情さは理解できる部分もあると。

しかしそうではありませんでした。男から同様のメモをバッグに入れられたという女性からの相談が十件以上あったのです。相談しなかった女性もいるでしょうから、メモをバッグに入れられた女性はその何倍もいたでしょう。つまり男はメモを撒き餌のように手当たり次第ばらまいていたのです。

純情さのかけらもない厚顔無恥なクソ野郎でした。

（2021/02/19）

第三章　犯罪者の奇想

世の中の犯罪の多くは一般人にはまるで共感できないものですが、それでもその犯罪にいたる動機は理解できます。しかし、中には、どうしてもその犯罪にいたる心理が理解できない犯罪もあります。

この章ではそうした奇怪な犯罪をおかしたアホたちを紹介しましょう。

仕事前の腹ごしらえ

二〇二〇年四月、北海道岩見沢市の住宅に真昼間、強盗が押し入ったというニュースがありました。

一般的な強盗事件は、犯人が住人を縛り上げ動けなくした後、そこら中を家探しした上で金目のものを奪って逃走する、というのが一連の流れですが、今回の場合はすこし様子が違いました。岩見沢にある九十二歳の夫と八十八歳の妻が暮らす住宅に、午前十一時頃、のこぎりを持った男が土足で押し入りました。男は「おとなしくしろ、金を出せ」と叫ぶと思いきや、要求したのはなんと食事でした。

妻が慌てて食べ物の準備をすると、男はご飯二膳とみそ汁、おかずはエビの天ぷらをきれいに平らげたそうです。さあ、腹ごしらえが終わったここから強盗の本性を現すのかと思いきや、今度はソファーで十分ほど休み、さらに自分が土足で上がってきたことに気づくと、靴を裏口に持っていき床を雑巾で拭きだしたのですから、なんとも変わった強盗です。

その後、男はやっと仕事に取り掛かりました。ついに女性に「お金をちょうだい」と要求したのです。ここがポイントなのですが、「金を出せ」ではなく「お金をちょうだい」だったのです。女性が財布にあった現金二千円を差し出すと、やっと家から出ていきました。

記事の文面からは、まるでおばあちゃんのところに遊びに来た孫がご飯を食べさせてもらった上で、小遣いをせびったようにもとれますが、男が強盗であることは紛れもない事実です。老夫婦にとってのその時間は生きた心地がしなかったことでしょう。

犯人は逃走しましたが、「強盗犯」として見つかるまで行方を追われることになります。たった二千円で常にびくびくして暮らさなければならないなんてとても間尺に合わないことをしたと後悔しても後の祭りです。

（2020/04/10）

処理も結果も考えられない男

「マッチ一本火事の元」とはよく言ったものです。二〇二〇年七月十四日未明、札幌市西区で発生し四人の死傷者をだしたマンション火災で、四十一歳の男が重過失失火および重過失致死の疑いで逮捕されました。

この男は午前〇時ごろ、四階建てマンションの部屋でタバコを吸おうとして火をつけたマッチを床に落とし、自室を全焼させたほかマンション全体に煙を充満させ住民を死亡させたのです。

調べに対して男は「タバコに火がつかず、マッチが熱かったので床に投げ捨てた」と話しているそうですが、いい歳した大人がいったい何を言っているのでしょう。

百歩譲って思わず手を放してしまったとしても、まさか床中にガソリンがまかれていて一瞬のうちに火の海になったわけじゃあるまいし、別のものに火がついても何かを被せるなり叩くなりして消せばいいだけで、それを一部屋丸々焼けるまで放っておくのですから呆れてものが言えません。こんな低能のために巻き添えを食って死傷した方々には、あまりにも不幸過ぎて掛ける言葉がありません。

火事の原因で一番多いのはタバコに関連するものです。そのほとんどは火がついたまま放置して何かに燃え移ったもので、〝知らないうち〟の出来事です。今回のように目の前で起きていることに対し、適切な処置が出来なかったものではありません。

いずれにせよひとたび火災を発生させれば生命財産に大きな損害を及ぼします。喫煙人口は年々減少していますし、火を使わない電子タバコも多くなっていますので、今後はタバコが原因の火災は減っていくでしょうが、どんな世の中になっても火の始末もできない奴にタバコを吸う権利はありません。

(2020/07/18)

面倒くさいの基準が意味不明

埼玉県警大宮署に六十二歳の会社員の男が、廃棄物処理法違反（投棄禁止）の疑いで現行犯逮捕されたというニュースが二〇二一年の五月にありました。

なんとこの男は町内の人たちが利用するゴミ捨て場に、自分の尿が入った袋を複数回投棄していたのです。頻繁におしっこ袋を置いて行かれることに業を煮やした近隣住民からの一一〇番通報により警察が防犯カメラをチェックすると、毎回同じ男が捨てていることがわかりました。そして映像から男の車両を特定した捜査員が待ち構えるところに、のこのこおしっこ入りのビニール袋を持って現れた男をあっさり逮捕したということです。

驚いたのは男の動機です。取り調べに対し、男は「トイレに行くのが面倒だったので、ビニール袋におしっこをして、それを毎回捨てていた」と言ったということです。

たしかに夜中、布団からトイレに行くのが面倒だなと思う時があります。男がどんな状況でビニール袋におしっこをしていたのかは知りませんが、ビニール袋におしっこをこぼさずに入れて、それを漏れないように縛って、わざわざゴミ捨て場に捨てに行く方がよほど面倒くさいと思うのですが、彼にとっては、そっちの方が楽だったのでしょう。つくづく「面倒くさい」の基準は人それぞれなのだなあと思った事件です。

ところで男がビニール袋に入れていたのはおしっこでしたが、大の方はどうしていたのでしょうか。ニュースには「尿」となっていたので、さすがに大の方はビニール袋には入らなかったのでしょうか。

（2021/05/19）

ガソリンスタンドを襲ってはいけない

二〇二〇年四月、埼玉県狭山市のガソリンスタンドで強盗未遂事件が発生したというニュースがありました。

午前〇時五十五分といいますから真夜中です。二十六歳の男性が一人で店番をするセルフ方式のガソリンスタンドの店舗内に二人組の男が客を装って侵入し、レジカウンターにいた男性に「金を出せ」と脅迫しました。男性が「お金はありません。（防犯）カメラがあります」と言ったところ、男らは何も取らずに急いで逃走したといいますから、なんとも間抜けな強盗です。

犯人たちは夜中なら店員も少なく金を奪えると考えて犯行を企てたのでしょうが、まさか防犯カメラがあると思ってなかったなんて、とても現代人とは思えません。いまどき町のそこら中に防犯カメラが設置されているのは常識です。特にガソリンスタンドは危険物を扱うだけに、万一のことを想定して厳重に守られています。私たちが普段ガソリンスタンドを訪れるとき、車を止めてから出発するまで誰とも会わないことも多いのですが、その様子は逐一監視されているのです。くわえタバコで車から降りようものなら、すぐさま店員が飛んできますし、給油ノズルが車両の給油口にきっちり入っていない場合や、法律で認められていない携行缶やポリタンクへの給油にも目を光らせています。

それなのに「おっ、一人しかいないぞ。しめしめ、誰にも見つからないうちに仕事しましょ」とのこのこ入ってくるのですから、アホ丸出しです。本人は慌てて逃げたつもりでも既に顔もバッチリ写っているのですから、早晩捕まることは確実でしょう。

ところでガソリンスタンドの給油ノズルは、誤った油種を入れないため全国どこでも赤はレギュラー、黄はハイオク、緑は軽油と決まっています。自家用車なら毎回決まったものを入れるので間違うこともありませんが、初めての車の場合迷うこともあるようです。レンタカー屋を経営している友人の話では、油種間違いの給油は結構あるといいます。そしてそのほとんどは軽自動車に集中しているそうです。お客さんに間違った理由を尋ねると口をそろえてこう言うそうです。

「だって軽自動車だから軽油でしょ」

無知とは恐ろしいものです。


(2020/04/10)

サボりの連携プレー

大阪府富田林市が総務課に勤務する四十~七十代の男性嘱託職員四人を減給三ヵ月の

懲戒処分にしたというニュースが二〇二〇年八月にありました。

この嘱託四名は二人ずつペアで土、日曜と祝日の日直勤務を担当していたといいますから、正規職員が休日の時の交代要員だったのでしょう。休日ですから他の職員は出勤しておらず、職場にいるのは自分たちだけです。それをいいことに彼らは二〇一九年六月から一年以上にわたって日直勤務中に無断で遅刻・早退を繰り返していたのですからとんでもない話です。

その手口は、一人しか出勤していないのにもかかわらず、相棒のタイムカードを互いに押し合い二人で勤務していたように装ったものです。さらに悪質なのは二〇一九年十二月、休日出勤した別の職員が日直が一人しかいないのを発見し、市が聞き取り調査をした時にも「そんなことやっていない、証拠を見せろ」と言い張り、不正を認めなかったことです。

しかし、市も負けていません。二〇二〇年三月末以降、出退勤の時間を正確に記録する防犯カメラを導入し、遂に動かぬ証拠をつかんだのです。

防犯カメラはふつうは外部の悪党に対するために設置するものですが、内部の悪党のために貴重な公費を使われた富田林市民は堪ったものではありません。給料を払っていただけでも腹立たしいのに、本来必要のない経費まで使われたのですから、多くの市民は怒り心頭のはずです。そんな奴らでも減給三ヵ月で許してもらえるのですから、やはり公務員は天国です。民間企業なら間違いなく懲戒解雇です。

ところで、そもそもこの一年、業務に支障がなかったのでしょうか。元々二人勤務のところを一人で賄えたというのなら、それは一人分の仕事ということです。ひょっとしたら彼らは「だって、出勤してもやることないんだもん」と思っていたのかもしれません。

民間企業では利益を確保するために少しでも人件費を削ろうと最小限の人員体制を敷いています。利益を気にしない役所の体質がここにも表れているようです。富田林市はこの四人をさっさとクビにして、今後はまじめな人を一人だけ雇うようにしなければ市民は納得しないでしょう。

(2020/08/21)

バカ鉄

電車、汽車の撮影を趣味にしている人たちのことを「撮り鉄」と呼ぶそうです。大阪駅などでも「今日はやけにカメラを持った人が多いな、誰か有名人でも来るのかな」と思って見ていると、トワイライトエクスプレスなどが入線する瞬間、一斉にシャッター音が響き彼らの目的が列車だったと気付くことがあります。

まあ、通常の運行業務に支障がなく、また居合わせた一般利用客にも迷惑が掛からないのなら写真を撮ることに目くじらをたてることもないのですが、中には自身の目的のためには手段を選ばずマナーどころか法令違反さえも辞さない輩がいるのは困ったものです。

「撮り鉄」の間で人気スポットとして知られていた東京都八王子市のJR中央線の踏切近くで、私有地の高さ二メートルほどの生け垣の木三本が根元から五十センチほどのところで切り倒されていたというニュースが二〇二一年四月にありました。

周辺は普段から「撮り鉄」が多かったため、撮影に邪魔だとして切った可能性があるとして警察が器物損壊容疑で捜査しているそうです。他人の土地に断りもなく足を踏み入れるだけでも大概なのに、そこにある木を勝手に伐採するなんていったいどういう神経をしているのでしょう。警察にはしっかり犯人を捕まえて厳しい罰を与えてもらいたいものです。

そうでなくても最近では「撮り鉄」が線路に侵入したため列車が緊急停止したり、駅構内での撮影ポジションをめぐる「撮り鉄」同士のどなり合いなどその行動が問題となっています。これ以上「撮り鉄」が社会に迷惑を掛けるのならあらゆる場所での撮影を禁止するしかありません。一部の不心得者のために、そのほかの善良な鉄道ファンが迷惑することになりますが、ことが交通機関の安全安心にかかわることだけに仕方がないでしょう。

ちなみに列車に乗ることを趣味にしている人たちは「乗り鉄」と呼ぶそうで、こちらは鉄道会社に運賃収入をもたらしますが、そもそも「撮り鉄」は鉄道会社には何の利益ももたらしません。今回のような鉄道マニアは、「バカ鉄」という新しい名前で呼ぶべきです。

(2021/04/16)

バカ鉄パート2

二〇二〇年十一月、新幹線から座席を盗んだとして七十一歳の無職の男が逮捕されたというニュースがありました。この男は静岡〜浜松間を走行中の下り新幹線の車内から自由席のシートの座面部一個、また別の日にグリーン席のシートの座面部一個をそれぞれ紙袋に入れて持ち出していました。いくら鉄道が好きだとしてもよくもまあ走行中の車両の座席を持ち帰ろうと思ったものです。

もしかして「座席指定」は「座席を買える」と思っていたのでしょうか。それにしても一番の被害者は浜松から乗車した人たちです。いざ席に座ろうとしたら座席が無いのですから、さぞかし驚いたことでしょう。

逮捕のきっかけはJRからの被害届を受けた警察が調べた防犯カメラの映像でした。車内で座面をはがす様子だけでなく、静岡駅の改札を通るときには手ぶらだった男が、浜松駅の改札口では座席の入った紙袋を抱えている姿がバッチリ写っており、もう言い逃れはできません。

二〇一八年六月に二十二歳の男が新幹線車内で三人を刃物で襲い、一人が死亡、二人が重傷を負った「新幹線殺傷事件」が発生し、そのときの報道で新幹線の座席は簡単に外れ、いざというときには盾にすることもできると世間に伝えられました。それを見て男が犯行を思いついたのかどうかは定かではありませんが、もしそうだったとしたらその事件をきっかけとして新幹線の全車両に設置された防犯カメラによって男が特定されたのは皮肉なものでした。

(2020/11/20)

十四時間分の食い逃げ

レストランに十四時間以上にわたり滞在し、食い逃げだけでなく強盗まではたらいた男が逮捕されたというニュースが二〇二〇年七月にありました。

この二十六歳の男は東京・新宿のファミリーレストランに午前九時半ごろに入店しモーニングセットを注文。食べ終わっても帰るそぶりを見せず、昼にはビール、そして三時のおやつにはパンケーキを注文し、それぞれ完食していました。その後、夕食としてドリアを食べ終えたときには時計の針は入店から十四時間以上が経過した午後十一時四十分を指していました。

やっと席をたってレジに向かった男は飲食代金三千六百二十五円を支払うのかと思いきや、彼が出したのは現金でもクレジットカードでもおサイフケータイでもない果物ナイフだったのです。そしてそれを女性従業員に突きつけ「金を出せ」と要求しました。いきなり飛び込んできた強盗に「金を出せ」と言われたら恐怖で身もすくむでしょうが、なにしろこの男は十四時間も店にいて、すっかり顔なじみになっているわけです。そんな男に女性従業員がひるむわけもなく、落ち着いた口調で「警察を呼びますよ」と言うと、男は慌てて逃げだしたそうです。その後、警察が防犯カメラの映像などから容疑者を絞り込み、青森県五所川原市の実家に戻っていた男を逮捕したのです。

男は調べに対し「最初から食い逃げするつもりだった。ついでに金も取れればと思った」と供述しているそうですが、たった三千六百二十五円で人生を棒に振るとはなんとも愚かな男です。

男はもともとキャバクラ店で働いていましたが、犯行当時は無職だったといい「一週間ほど飲まず食わずだった」と説明しています。せめてまだ罪の軽い食い逃げだけなら情状酌量もあったでしょうに、強盗となると凶悪犯です。十四時間どころではない長期間を刑務所で過ごすことになるでしょう。

それにしても、男はなぜ帰ることのできる実家がありながら、まっすぐ帰省しなかったのでしょうか。いかに不肖の息子であっても、さすがにご飯くらいは食べさせてくれたでしょうに。一週間帰るのを遅らせたために男は前科者としての一生を送らなければならなくなってしまいました。無銭飲食で思い出しましたが、私がまだ学生だった頃、京都には金のない学生は食べた分だけ皿洗いをして帰る中華料理店がありました。京都が人口に占める大学生の割合の高い学生の街で若者に寛容だったからかもしれませんが、男の入った店がもし新宿のファミリーレストランでなく京都のその店だったら犯罪者に

ならずに済んだのに、と考えると複雑です。（2020/07/10）

二つの人生を生きた男

生活保護費を不正受給したとして、熊本市に住む六十歳の伊藤良夫（仮名）容疑者が詐欺の疑いで逮捕されたというニュースが二〇二〇年十月にありました。

この男は二〇一六年三月から二〇一九年七月までの間に給与収入があるにもかかわらず、生活保護費計四百二十三万円を不正に受給していたのです。男は調べに対し「事実関係は間違いないが、生活保護の受給に問題はなく詐欺ではない」と容疑を否認しています。インチキして貴重な税金をせしめておきながらよくも開き直れるものだと呆れましたが、よくよく聞くと彼の言うこともあながち間違いではないことがわかりました。

なぜなら生活保護を受給していたのは「伊藤良夫」ではなく「田中正彦（仮名）」だったからです。なんとこの男は戸籍を二つ持ち、収入を得ていない方の「田中正彦」名義で生活保護費をだまし取っていたのです。これなら確かに男の言う通り「無収入の人間が生活保護をもらっていた」ことになります。男は二〇一九年に窃盗容疑で逮捕された際にようやく二重戸籍が発覚しましたが、それまで何食わぬ顔をして受給を続けていました。

ところで、なぜ彼は二つの戸籍を持つことになったのでしょうか。そこにはとんでもないからくりがありました。伊藤良夫容疑者は一九八六年に熊本県警に別事件で逮捕された際「記憶がはっきりせず、物心ついたときから田中正彦」と説明して、自身が「伊藤良夫」であることを隠しました。県警も最後まで捕まえた男と本当の戸籍を一致させることができず、無戸籍の「田中正彦」が起こした事件として処理されたのです。

その後、男（伊藤良夫）は父母が分からない場合に戸籍を作成する就籍許可を家裁に申し立て「田中正彦」名義の戸籍を手に入れたというわけです。

それ以来、男はあるときは「伊藤良夫」またあるときは「田中正彦」と二人の人間を使い分ける小説のような生活が始まりました。彼は二つの会社で働くことも、二人の女性と結婚することもできたのです。コロナ禍で全国民に一律十万円支給された特別定額給付金もダブルでもらえていたかもしれません。戸籍が二つあるのは人生が二つあることと同じで、やりようによってはこんな愉快なことはありません。しかし、彼がしたのは窃盗や詐欺など再三にわたる悪事だけでした。こんな男にはひとつの人生すら無駄だったのです。


（2020/10/09）

天井裏から愛を込めて

アメリカで、スーパーマーケットの天井裏に勝手に住みついていた三十五歳の男が逮捕されたというニュースが二〇二〇年十一月にありました。

深夜、ネバダ州ライアン郡にある大手スーパーの店舗に夜勤のため出勤してきた従業員は、天井から人の脚が突き出ていることに気付きました。天井裏に何者かが潜んでいるのは明らかです。通報を受けた保安官が警察犬と共に到着し、天井に向かって呼びかけましたが一向に出てくる気配はありません。そこで警察犬を天井裏に送り込んだのですが、これが大失敗でした。なんと梁の上を歩いていた警察犬が足を踏み外してしまい、立ち往生してしまったのです。そこで今度はその警察犬を救うため、消防署から救助隊が駆けつける騒ぎとなってしまいました。

少人数なら隙を見て逃げることもできたであろう侵入者も、こうなると観念するしかありません。遂には保安官に引きずり出され逮捕されてしまいました。調べによると、この男は一週間ほど前に建物の外から梯子を使って屋根に登ったあと梁をつたって天井裏に侵入し、それからずっと住みついていたとのことです。その間に男は天井裏にいくつかの生活用品を持ち込んだだけでなく、簡易的なリビングルームまで作っていたといいますからもう完全にそこで生活しようとしていたようです。

食事は誰もいない時間に店内に忍び込み、食料品売り場にある惣菜などを盗んで食べていたようで、雨風をしのげるだけでなく常に新鮮な食べ物が補充される環境は、さぞかし男にとって居心地のいい場所だったことでしょう。同じホームレスでも河川敷に暮らす人たちとは大違いです。あらゆるものが即座に手に入るスーパーマーケットは家のない彼らにとって楽園そのものです。

そういえば「無人島に一つだけ持っていけるとしたら、何を選ぶ」との問いに、迷うことなく「阪急百貨店」と答えた友人がいたことを思い出しました。

(2020/11/20)

第四章　アホ丸出し！

この章では「アホ丸出し！」としか言いようがないアホたちを紹介しましょう。せめてもう少し知恵を使ってほしいという人々です。

俺、映ってる？

プロ野球オリックス・バファローズの公式戦チケットを大量に予約し、そのキャンセル作業のために球団の通常業務を妨げたとして、神戸市に住む四十一歳の無職の男が偽計業務妨害の疑いで逮捕されたというニュースが二〇二〇年の三月にありました。

この男は本名のほかに六つの偽名を使ってファンクラブに入会し、インターネットで自分が実際に使うチケット以外に、最初から購入する気も無いのに二試合分であわせて千八百七十三もの席（千八十六万円相当）を予約していたのです。規定では予約後、三日以内に入金しなければキャンセル扱いとなり、予約した当人が取り消しの手続きをしなければならないのですが、この男は端から買う気がないのですから当然放置します。球団が登録されたメールアドレスに接触を試みるも、男は無視します。そうなると職員がキャンセルの手続きをすることとなるのですが、それが一件ずつの手作業ですから大変です。その間、システム上は予約済みとなっているそれらの席は、本当に行きたいと思っている人も買うことができません。果たして最後まで再販売できなかった多くの席は試合当日には空席となり、たった一つの本当に買った席にだけ男が座っているという、実に奇妙な光景が出来上がるのです。

ところで、気になるのはこの男の動機です。普通、買う気のないチケットを大量予約するというのは、たいていの場合、他人に迷惑をかけて喜ぶ愉快犯です。しかし、この男の目的は常人の予想をはるかに超えたものでした。なんと男はテレビ中継で観客席が映ったときに目立ちたかったからと言うのです。

カメラが客席を向いたとき多くの観客がいれば紛れてしまいますが、広いスタンドにただ一人ぽつんと座っていたらそりゃあ目立ちます。さらに男は髪を金色に染め、太った身体をいつも黄色や赤の派手な服装で包み球場を訪れていたそうで、過去何度もがら空きの中、ド派手な格好で満足げに座っている姿が目撃されており、ファンの間では

「金豚さん」と呼ばれるちょっとした有名人だったようです。それにしても、人間には承認欲求といった他者に自己の存在を認められたい気持ちがあるのはわかりますが、この男はお望み通り、新聞にも載って十分に目立った上に、「金豚さん」というあだ名まで全国に知られることになりました。はたしてこれは男の目的が叶ったと言えるのでしょうか。もう私には理解できません。

（2020/03/23）

キモい男

徳島市で女子高校生を含む男女二人にけがをさせたとして、三十五歳の県立病院職員の男が逮捕されたというニュースが二〇二〇年六月にありました。

この男は夜の十時頃、路上で女子高生に声をかけたところ「キモい」と言われたことに逆上し、逃げようとした女子高生の腕をつかみ髪を引っ張るなどの暴行を加えたのです。さらに悲鳴を聞いて助けに駆けつけた五十代の男性の顔も殴っていました。

県立病院の職員といえば、れっきとした公務員です。そんな男が帰宅を急ぐ女子高生を夜遅くナンパするだけでも尋常じゃないのに、袖にされたからといって暴力を振るうのですから道徳観のかけらもありません。

男は調べに対し「正当防衛を主張します」と話して容疑を否認しているそうですが、まさか「キモい」という言葉の暴力に対抗したとでも言うつもりでしょうか。本当に自分本位のくだらない男です。

結果的に、自ら「キモい男」であることを証明した事件でした。

（2020/06/20）

ギャンブルの神様

マカオ司法警察局が、四十二歳の中国人の男を詐欺容疑で逮捕したというニュースが二〇一九年十二月にありました。この男は十一月下旬、マカオ・コタイ地区にあるカジノで知り合った女性に「私はギャンブルの神だ。最高のテクニックを駆使して一ヵ月以内に元金を倍にするから山分けしよう」などと持ちかけていました。

こんな荒唐無稽な話に乗る人なんかいるわけがないと思いきや、女性はすっかりこの話を信じ十二月になって男と再会した時に、なんと三十六万香港ドル（約五百五万円）もの大金を男に託してしまいました。

この手の詐欺は相手を信用させるために当初約束を守るのが常套手段ですが、この男もさっそくその日の夜、十万香港ドル（約百四十万円）勝ったとして、そのうちの六万香港ドル（約八十四万円）を女性に分配し、翌々日にも一万香港ドル（約十四万円）を渡しました。

しかし、お楽しみはここまででした。すぱっと連絡が取れなくなったのです。その時点でやっと女性は騙されたのではないかと気づき司法警察局へ通報したのですが、なんともおめでたい被害者です。身元を特定された男が再度中国本土からマカオへ入境した際に逮捕されたところをみると、この男はマカオに出稼ぎに来てはカモを見付け、せっせとその稼ぎを中国本土に運んでいたのだと思われます。

それにしてもギャンブルは「当たるか、当たらないか」のドキドキ感が醍醐味なのに、その楽しみを他人に譲るなんて被害者はギャンブルを娯楽ではなく、金儲けの手段ととらえていたようです。それで勝つ確率をあげようとしたのでしょうが、そもそもギャンブルに「絶対」はありません。もし男が本当にギャンブルの神だったのなら、他人に声かけして儲けを山分けなんてせず独り占めしているはずです。女性はなぜそこに気付かなかったのでしょう。

地方競馬場には「予想屋」と呼ばれる人がいます。彼らは客の前で一通りレース予想の講釈を垂れると、百円で勝つと思われる馬の番号が記された紙片を売るのです。そして時々「次のレースは自信があるから二百円」なんて言われるとなんだか信憑性が高いように思うのですから不思議です。しかし、これも絶対に当たるのなら誰にも教えず、自分だけ儲ければいいいものです。もっとも客の方もそんなことは百も承知ですから、外れたところで「ちっとも当たらないじゃないか」と文句は言っても、トラブルに発展することもありません。

ギャンブルに勝つ一番の近道は熱くならず冷静に戦況を見極め、余裕をもって楽しむことではないでしょうか。必死になって「ギャンブルの神」に大金を賭けた時点で、彼女の負けは確定していたのです。

(2019/12/20)

騙しのライセンス

運転免許証にまつわる詐欺の話題を二つ。

二〇一九年十二月、ブラジル北部の町ポルトベリョで四十三歳の自動車整備工の男が詐欺未遂容疑で逮捕されました。この男は、縦列駐車が苦手で何度運転免許試験を受けても合格しない母親を不憫に思い、自らが女装をして替え玉受験を試みたのです。脱毛ワックスでひげを抜き、マニキュアやアクセサリーもばっちり決め、試験前日には予行演習のため馴染みの食堂に出向く念の入れようでした。そこでは誰にもオッサンとバレることなく、男は「これなら大丈夫」と自信満々で試験に臨んだのです。

しかし、いくら親子とはいえ息子が母親に成りすますのはやはり無理がありました。身分証の写真と似ていないことに不審を抱いた試験官に通報され、駆け付けた警官に車から引きずり降ろされ、あえなく彼の計画は失敗に終わったのです。

知らせを受けた母親は「世間は彼のやったことをひどく間違っていると思うだろうが、私にとってはすごく美しい行為」とまんざらでもない様子でした。彼女は運転免許証を手にすることは出来ませんでしたが、我が子の自分に対する優しさはそれにも勝る喜びだったようです。

もうひとつは日本の話です。同じく二〇一九年十二月、偽造した免許証で銀行口座を開設しようとした神戸市に住む五十九歳の男が詐欺未遂で逮捕されました。この男はインターネットで偽の身分証として使うために偽造免許を手に入れましたが、それを見た銀行の窓口係員から一発でおかしいと見抜かれてしまったのです。なぜならば免許証の写真はたしかに男のものでしたが、そこに記載された生年月日の年齢はなんと二十五歳もサバを読んだ三十四歳だったからです。

こんな老けた三十四歳はいるはずがないと疑った職員は、すぐさま警察に通報し、哀れ男は御用となりました。男は調べに対し「年齢をすぐに答えられるよう知人の生年月日にした」と供述していますが、あまりにもアホ丸出しな理由に呆れてしまいます。どうせ偽造だから、自分の生年月日にしておけばよかったのです。なんとなくそれが嫌なら、年を一年だけずらしておけば済むことです。それに友人にするなら同年代の友人にすればよかったのに、彼には同年代の友人はいなかったのでしょうか。

(2020/01/10)

偽の金メダルが欲しい?

二〇二〇年東京オリンピックのメダルの複製品を許可なく販売したとして、神奈川県警秦野署が商標法違反の疑いで、大阪に住む三十二歳の会社役員の男を逮捕したというニュースが二〇二〇年二月にありました。

この男は中国で作られた非公認の金、銀、銅メダルのレプリカを海外のインターネットサイトで購入し転売していたのです。メダルは大会組織委員会のホームページに掲載されている画像を基に作られたとみられ、裏側には本物そっくりに「東京2020」エンブレムまで刻印されていました。男はそれらをオークションサイトに出品し、これまでに六十個が売れたといいます。

ニセモノで騙して金儲けを企むとんでもない輩はいつの時代にもいて困ったものですが、今回に限ってはそれよりも喜んで買った方の神経を疑います。四年に一度のオリンピック、さらに自国開催となれば何か記念に残せる物が欲しいのはわかります。でもそれはコレクションとしての記念硬貨や記念メダルで十分で、金メダルが欲しいなんていったいどういう了見をしているのでしょう。

金、銀、銅メダルは人並外れた努力をした選手が自らの力で勝ち取るものであり、決してお金で買えるものであってはなりません。購入者は手元に届いたメダルをどうしようとしているのでしょうか。まさか自慢げに見せびらかそうと考えているのではないでしょうね。私ならオリンピックに出てもいない人に金メダルを見せられても、「あんたのこれはニセモノじゃないか、こんなものを見せびらかして、しょうもない奴」としか思いません。本物のメダリストに見せてもらってこそ「すごい、かっこいい、羨ましい」と感動するのです。なによりもニセモノを撲滅する唯一の手段はニセモノを買わないことです。

(2020/02/07)

順番が違う

二〇二〇年七月、愛知県岡崎市のスーパーで魚の切り身を盗んだとして、二十九歳の男が逮捕されたというニュースがありました。

この男は魚売り場の陳列棚から刺身のパックを手に取ると、おもむろにラップを外しそのまま食べ始めました。そして容器を空にしたうえでレジに持って行き、へらへら笑いながら店員をからかうように「おなかが空いたから食べちゃった」と言うのですから、不愉快なことこの上ありません。

さらにその様子を撮影した動画をユーチューブに投稿し、ご丁寧にも「商品を会計前に食ってやったぜ」とのコメントまでつけていました。

会計前の商品を食べるなんて、分別のつかない幼児がお菓子売り場の前でチョコレートをすぐさま口に運ぶのならまだしも、とても大の大人がする行為ではありません。さらに自信満々でユーチューブに公開していることからも、これはついうっかりではなくこの行為が許されるものではないと承知したうえで、最初から計画したものなのは明らかです。

店から相談を受けた警察は、この行為は「窃盗」にあたるとして、逮捕に踏み切りましたが、これは「なるほど！」と思わせました。たしかに会計せずに、その商品を食べるのは泥棒と同じです。

ところで海外のいくつかの国には、普通に会計前の商品を食べるところもあるようです。レジ待ちの間にペットボトルのコーラのキャップをプシューッと開けゴクゴクと半分飲んだところで会計するのはまだ可愛い方で、中にはバナナをむいて中身を全部食べたあとに残った皮だけを会計して、そのまま「捨てといて」なんてこともあるようです。

そんな国から見たらこの男の動画は、ただの日常風景にしかなりません。彼らはどうせお金を払うのだから、先に食べることなんかたいした問題じゃないとの考えなのでしょうが、日本人の感覚では歩きながらや立ち食いは決して行儀のいいものではありません。何でもかんでも外国の風潮を有難がる浅はかな文化人がしたり顔で、「海外では……」と、テレビなどで言うことがないように願いたいものです。

ユーチューバーが登録者数を増やすために過激さを求めるのはわかりますが、それで捕まったのでは元も子もありません。本当に才能のある人は、決められたルールの中でも十分に面白いものを作り出します。そういう意味ではこの男はクリエイター失格です。

そもそも「商品を会計前に食ってやったぜ」が面白いと思うセンスでは、視聴者の共感を得る作品なんて作れるわけありません。

（2020/07/17）

少年の心を忘れないおじさん

トイレに落書きをしたとして、大阪市西成区に住む四十五歳の土木作業員の男が逮捕されたというニュースが二〇二〇年七月にありました。

この男は同年四月に兵庫県西宮市内のコンビニエンスストアのトイレ内で、洋式便器のふたに「うんこプーン」の文字や大便のような絵を黒いペンで描いていました。かつてドリフターズの加藤茶さんが「うんこちんちん」で子供たちの心を鷲掴みにしたように、幼稚園児を笑わす鉄板ネタはいつの時代も〝うんち〟や〝ちんちん〟〝おしっこ〟です。これらの言葉を言うだけで彼らは大喜びです。しかし、今回の犯人は四十五歳のオッサンです。〝少年の心を忘れない〟は純粋さを保っていることへの誉め言葉ですが、この男の場合は〝幼児の心のまま〟の単なる低能です。〝見た目は子供、頭脳は大人〟ならいいのですが〝見た目は大人、頭脳は子供〟なんて最悪です。

ＪＲ三田（さんだ）駅（兵庫県）のトイレでも三月に扉や壁に「うんこプーン」の文字や大便のような絵など同様の被害が確認されていますが、この男の仕業に間違いないでしょう。

もし否定されても「こんなこと書くのはお前しかいない」で十分です。

犯罪者は自己主張のため犯行現場にメッセージを残すことがあります。現場にはいつも赤いバラが一本、なんてミステリアスですが、それが「うんこプーン」だなんて格好悪いことこの上ありません。バンクシーの落書きなら大歓迎の人も多いでしょうが、幼稚なオッサンの描いたうんこなんてなんの値打ちもありません。そもそもトイレはうんこをするところであって描くところではないのです。

〝便所の落書き〟は鬱屈した想いの吐き出し場所として大昔からありました。それが現代ではネットへの書き込みに代わっています。どちらも下卑で無責任なところは共通しています。ただ、便所の落書きは消すことができますが、ネット上のそれは永遠に消すことができない分だけ質(たち)が悪くなっています。

(2020/07/24)

続・少年の心を忘れないおじさん

北海道芦別市に住む五十六歳の男が、暴行と器物損壊の現行犯で逮捕されたというニュースが二〇二〇年八月にありました。この男は車の運転席に座っていた知り合いの男性の胸ぐらをつかんだ上、その車のドアミラーを蹴って壊していたのです。

警察の調べに対し男は「自分の陣地を勝手に取られて腹が立った」と話しています。戦国時代じゃあるまいし〝陣地〟だなんて、この男はいったい何を言っているのか不思議でしたが、そこにはなんとも呆れた理由がありました。実はこの二人は携帯ゲーム「ポケモンGO」を通じて知り合い、当日も仲良く一緒にしていたのです。「ポケモンGO」とは街の中に隠れている架空の生き物（ポケモン）をスマホを通して捕まえ、「ジム」と呼ばれるスポットでポケモン同士を戦わせるゲームです。プレーヤーは三つの陣営に分かれており、ジムでのバトルに勝つと、そのジムに自分のポケモンを配置して、味方陣営の〝陣地〟とすることができます。男はそこに自分のポケモンを置いて〝陣地〟としていたようですが、道場破りよろしくやって来た相手のポケモンに負けてしまったのでしょう。

それにしても「ポケモンGO」が大流行し、老若男女がスマホ片手に街中を歩き回ったのは二〇一六年、事件から四年も前のことです。ポケモンを探して歩く事は健康にも良いとのことで、中高年にもファンがいたことは知られていましたが、流行に敏感な若者はとうに飽きて見向きもしない「ポケモンGO」に、いまだ喧嘩をするほど夢中になっているオッサンがいたのには驚きです。

その結果、ポケモンではなく自身がゲットされてしまったのですから、とんだお笑い種です。

しかし、そんな〝陣地〟を守るためには感情むき出しで、どんな手段も厭わない男だからこそお願いしたいことがあります。彼にはぜひ竹島か尖閣に赴いて、そこでお遊びの陣地ではない本物の陣地を守るために思う存分本領を発揮してもらいたいものです。

（2020/08/21）

二人羽織は難しい

二〇二〇年七月、神奈川県警厚木署が二十五歳の男を自動車運転処罰法違反（危険運転致傷）の疑い、二十三歳の男を同違反と道路交通法違反（ひき逃げ）の疑いでそれぞれ逮捕したというニュースがありました。逮捕容疑は前年の五月、神奈川県厚木市の県道で信号待ちしていた乗用車に追突し、運転者に重傷を負わせておきながら救護をせず逃げていたものですが、なぜ一台の車に乗っていた二人とも逮捕されたのかというと、そこには驚くべき理由がありました。

この車はもともと二十五歳の男が運転していましたが、べろんべろんに酔っぱらっていたため途中でハンドル操作がおぼつかなくなってしまったのです。普通ならすぐさま停車して酔いがさめるのを待つのですが、そうはせずこの二人はとんでもない方法で車を走らせ続けました。なんと見かねた助手席に座っていた二十三歳の男が横からハンドルを握り、ペダルとハンドルを二人で分担し始めたのです。

「二人羽織」という宴会芸があります。これは二人の人物が前後に並び、一枚の羽織を被って一人しか居ないように振る舞うものです。後ろの人は羽織に袖を通しますが、頭は羽織の中ですから何も見えません。前の人は目こそ見えていますが手が使えません。その状態で後ろの人に食事を食べさせてもらったり化粧などをしてもらい、熱々のこんにゃくが目に押し当てられたり口紅が鼻の穴に入ったりする様子をみんなで楽しむものです。それと同じことを自動車の運転でするのですからアホ丸出しとしか言いようがありません。

案の定、停車中の乗用車を避けきれずぶつけてしまいました。二人羽織は失敗すればするほど楽しいものですが、公道での失敗は笑い事では済みません。そもそもハンドル操作ができないほど泥酔している人間がアクセルとブレーキを適切に扱えるわけがありません。二十三歳の男が横から加勢すべきは、ハンドルではなくブレーキでした。まあ、酔っ払いにいくら正論を言ったところで所詮無駄なのでしょうが。

（2020/07/24）

勝手に二人羽織の相方にされた女性

さて、これは勝手に二人羽織の相方にされた話です。

二〇二一年二月、函館市内で無免許運転をしたとして漁業を営む五十五歳の男が逮捕されたというニュースがありましたが、なんとこの男、二〇一九年夏に飲酒運転で免許を取り消されていたにもかかわらず、そんなことお構いなしに軽トラックを運転していたのです。

しかし悪いことはできません。ちょうど検問をしていた警察官がこの男の顔を覚えていて、職務質問したところ無免許運転が発覚してしまったのです。警察官に顔を覚えられるなんて、過去にどれだけお世話になっていたのでしょう。今回またあらためて、警察官の記憶に強く刻まれることになってしまいました。

取り調べに対し、男は現行犯であるにもかかわらず「自分は運転していない」と容疑を否認していますが、その理由がふるっています。男の軽トラックの助手席には、知人の四十代女性が乗っていましたが、彼は「自分はアクセルとブレーキを踏んでいただけで、実際にハンドルを動かしていたのは女性だ」「だから運転していたのは彼女であって自分ではない」と言い出したのです。彼の中では車の運転はハンドルを操作することで、ハンドルを握っていなければセーフのようです。

しかし、そんな言い逃れが通用するはずがありません。男が座っていたのは運転席でした。運転席とは運転する者が座る場所です。百歩譲って助手席から足を伸ばしてペダルを操作していたのなら「ただアクセルとブレーキを踏んでいただけ」かもしれませんが、そもそも自動車はアクセルを踏まなくては動きません。無免許者が車を動かすことがすでにアウトなのに、アホにはそれが理解できないようで困ったものです。

可哀そうなのは知人女性です。ただ座っていただけなのに知らないところで運転者にされていたのですから。今後、自動運転が実用化され、ハンドルはおろかアクセルやブレーキも操作しなくてよくなると、今回の男と同じような言い訳をする無免許者が増えそうで心配です。

(2021/02/26)

落とし物とシーサー

二〇二〇年七月、埼玉県教育局は川口市立小学校に勤務していた三十三歳の男性教諭と県立高校に勤める五十三歳の男性職員に懲戒処分を下したと発表しました。

小学校教諭は二〇一八年十二月から病気休暇をとった上で二〇一九年三月からは休職していました。そんな学校にも出てこられない状態にもかかわらず、二〇二〇年二月に東京都内で開催された〝婚活パーティー〟に参加していたのですからそれだけでも問題ありですが、彼はそこでさらにとんでもないことをしでかしていました。この教諭は会場に落ちていた財布を拾い、中に入っていた現金三万六千円を抜き取ったあと、何食わぬ顔で財布を路上に捨てていたのです。

ところが悪いことはできません。その一部始終を会場で知り合った女性に見られており、落とし主に伝えられてしまいました。教育局の聞き取りに対し教諭は「過去に何度か財布をなくし戻ってこなかったので、今回は自分に良い機会が回ってきたと思ってしまった」と話しているそうですが、それってどういう思考回路でしょうか。結局、彼は落とし主に示談金を払う羽目になり、さらにお金を失うことになってしまいました。

男は財布を見つけた瞬間に〝金は天下の回りもの〟と勝手な解釈をしたのでしょうが、なぜそのときに「落とした人はさぞかし困っているだろう。なんとか落とし主を探さねば」と考えなかったのでしょうか。そうすれば〝情けは人のためならず〟で、だれに後ろ指さされることなくお金が戻ってくることがあったかもしれないのに残念なことです。
もう一人の五十三歳の職員は、リサイクルショップでシーサーの置物に別の商品の値札を勝手に貼りレジで会計していました。その後、巡回中の監視員から指摘され御用となったのですが、こちらは「自宅のシーサーが壊れてしまい、欲しかった」と説明しています。彼は大切にしていたシーサーの代わりを求めていたところに、ちょうどいい物を見つけて絶対に欲しいと思ったのでしょう。それなら素直にお金を支払えばよかったのに、小手先のごまかしで得をしようとの考えはこちらも浅はかとしか言いようがありません。
シーサーとは、沖縄県などでみられる家や人、村に災厄をもたらす悪霊を追い払う魔除けの意味を持つ伝説の獣像ですが、職員の心の中に潜む悪霊はさすがのシーサーでも手に負えなかったようです。

(2020/08/14)

駄々をこねるおじさん

福岡県柳川市のリサイクル店に放火しようとした四十二歳の会社員の男が、現住建造物等放火未遂の疑いで逮捕されたというニュースが二〇二〇年十二月にありました。この男は十九型と二十三型のテレビ二台を買い取ってもらおうと店を訪れた後、店の裏側にあるゴミ置き場で持っていたライターを使いゴミなどに火をつけ店を燃やそうとしたのです。幸いにも火の手に気付いた従業員がすぐに消火器で消し止めたため、けが人や延焼はありませんでしたが、もし発見が遅れていたらと考えると恐ろしい限りです。

ほとんどの放火犯は火が燃えて騒ぎになるのを楽しむ〝愉快犯〟と、特定の対象の生命財産を狙った〝怨恨犯〟に大別されますが、今回の事件は後者でした。ではいったい男はリサイクル店に対し、どんな恨みをもっていたのかというと、それは誰も納得することのできないとんでもなく呆れたものでした。

リサイクル店に買い取りを依頼した場合、まず最初にその物の商品価値を判断できる店の目利きが査定します。そして提示された買い取り金額を売り手が了承すれば晴れて契約成立となりますが、今回の男の持ち込んだ二台のテレビは不成立でした。なぜなら、店が提示した査定額がたったの二百円だったからです。この二台のテレビがどんなものだったのか詳細にはわかりませんが、二百円ということはとても新たな買い手がつかないとリサイクル店は判断したのでしょう。それでも値段を付けたのは、他の壊れた商品を修理するときの部品くらいにはなる、あるいは〇円ではさすがにかわいそうと思ったのかもしれません。

その額にとてもじゃないが納得できなかった男は売るのをやめました。そしてそのままおとなしく帰ればいいものを、今度は「携帯の充電をさせろ」と言い出したのですから話はややこしくなります。リサイクル店にしたら店の商品を買わない、また仕入れのための商品を売らないのなら客はおろか取引先でもなんでもありません。まったく無関係のそんな男に電源を提供する義理はありませんので、即座に断りました。

それに対し「テレビの査定額が安い」だけでなく「電話の充電もさせてくれない」と何一つ自分の思い通りにならないことで怒りの炎が燃え上がった男は、それを実際の火としてつけてしまうのですからとんでもなく幼稚で身勝手です。

分別のない幼子なら周りが折れてくれることもあるでしょうが、いい年をした大人にそれはありません。こんな性格と脳みそを直さない限りは、出所しても彼のテレビ同様「リサイクル（再生）不能」でしょう。

（2020/12/11）

万引き犯の深い事情

二〇二〇年十二月、広島県教育委員会が福山市立中学校に勤める五十九歳の男性教諭を停職一ヵ月の懲戒処分としたというニュースがありました。この教諭は市内のドラッグストアで精力剤を万引きしたところを逮捕されていました。

県教委の聞き取りに教諭は「商品をレジに持っていくのが恥ずかしかった」と話しているそうです。五十九歳といえば、たしかに身体の衰えを感じる年齢で、そこで精力剤をとなったのでしょうがなんという自意識の強さでしょう。多くの客を相手にしている店員が、どこの誰かもわからないオッサンが精力剤を買ったところで、「あの人、あっちの方がダメなのかしら」なんていちいち思うはずがありません。堂々と会計を済ませればよかったのに、それをしなかったばかりに定年まで一年を残して依願退職するはめとなってしまったのは哀れなことです。

しかし、自ら退職を選んだのは妥当な判断だったと思います。なぜならばオッサンに興味のない店員と違って、生徒は万引き先生に興味津々です。処分明けに再び教壇に立ったとしても「精力先生」や「フニャ先生」と野次られて授業にならないでしょうから。

万引きといえば北海道旭川市ではスーパーでマヨネーズなどを盗んで逃走し、追いかけた警備員を杖で殴ったとして七十六歳の無職の女が逮捕されています。この女はマヨネーズをバッグに、惣菜を上着のポケットに入れるところを警備員に目撃されていました。しかし、それに気付かず何食わぬ顔をしてそのまま店を出たため、追いかけた警備員が「中に入りましょう」と声をかけたところを、いきなり持っていた杖で手をたたき腹を殴ったのです。しかし、どれだけ抵抗しようと所詮七十六歳の老女、逃げ切れるわけもなくあっさり身柄を拘束され、駆け付けた警察官に引き渡されてしまいました。

調べに対し女は「食べたいけど金を使いたくなかった」と供述していますが、これは「そうですね」としか言いようの無いそのものズバリ百点満点の回答といっていいでしょう。一方、暴行について「杖を取られると思ったので振り回した。腹は殴っていない」と容疑を認めないのは、この女は万引きの常習犯で、万引きの罪なら刑の目星はつくけど傷害がついて経験したことのない罪になるのを避けたかったのだと思います。

それにしても女はなぜ杖を持っていたのでしょう。さっさと逃走する脚力と、杖を振り回す腕力があるほどに元気ならそんな物いらんやろと思うのですが。そんな杖のせいで罪が重くなり、今度出てくるときには本当に杖が必要になっているかもしれません。

（2021/01/01）

せこい男のプレゼント

埼玉県警浦和署に、監禁の疑いで三十八歳の無職の男が逮捕されたというニュースが二〇二〇年五月にありました。逮捕容疑は午前二時から同六時ごろまでの約四時間にわたり、二十代の女性を駐車していた車に押し込み監禁した疑いでしたが、実はこの男は被害女性が接客業として勤務する店の客だったのです。

男は「プレゼントしたものを返してもらおうと思った。首を絞めて車に押し込んだ」と供述しているそうですが、要するに、飲み屋（キャバクラなど）のネーちゃんに入れあげてプレゼント攻勢を仕掛けたが、取られるだけ取られて一向に相手にされないので今まで贈った物を返せということのようです。

驚くのはそのプレゼントの額です。なんとこの男は百万円分ものプレゼントを女性に貢いでいたというのです。無職の身でありながら、よくもまあそんな大金を用意できたものです。おそらく「ここが勝負！」とばかりに、なけなしの金を必死でかき集めていたのでしょう。それなのに女性が全然振り向いてくれないことに業を煮やしての犯行のようですが、それにしても情けない話です。

「貸したものを返せ」ならわかりますが、いったんプレゼントしたものを一方的に取り戻そうなんて勝手すぎます。ましてやその相手が一度は自分の惚れた女なのですから、みっともないったらありゃしません。

男たるもの自身の力量不足を素直に認めて諦めるべきです。この男のしていることは、馬券を買ったはいいが、当たらなかったから払い戻せというのと同じです。こんなせこい男は女性に相手にされないのも納得です。

(2020/06/04)

ポイントキャンペーン実施中

二〇二一年三月、大阪市が市健康局保健所管理課所属の五十九歳の男性課長を停職三ヵ月の懲戒処分としたというニュースがありました。この課長は勤務中にもかかわらず、職場のパソコンからポイントを貯めるためにインターネットサイトで広告を見たり、クイズに答えたりしていました。

勤務中にたまにはインターネットを見ることはあるにしても問題はその時間です。なんとこの課長は二〇一七年十月から二〇二〇年七月までの三十四ヵ月に、約二千時間もアクセスしていたのですから驚きです。月二十日間労働として一日あたり三時間、勤務時間の三分の一以上をインターネットに費やしていたのです。

さて彼がそれほどまでして必死で集めたポイントはいったいどれくらいの価値があったのでしょうか。さすがに二千時間の威力はすさまじく一万八千ポイントも貯まりました。しかし、このポイントの還元率は一ポイント約〇・五円でしたので、実質九千円です。一時間で四・五円の計算です。たったこれだけにしかならないのです。

この課長は「家庭内の事情でストレスが溜（た）まっていた」と説明していますが、私などは、一時間頑張って四・五円にしかならない作業を二千時間もやる方がずっとストレスが溜まると思うのですが、人それぞれです。

それよりも今回の件で私が最も気になったのは「この役所の仕事量って適切なのか」ということです。公務員の方たちは「人員削減で一人あたりの業務量が増えて大変だ」なんて言いますが、この職場の仕事量は三分の二の労働で事足りるほどしか無かったということです。そうならもっともっと人減らしをして人件費を抑えるべきです。税金をタダメシ食いに使うことは許せません。

あるいはこの課長はとんでもなく優秀な人物で、他の職員の三分の二の時間で仕事を片付けられたのかもしれません。もっとも本当に優秀な人間なら時給四・五円で公務員人生を棒に振るようなことはしないものですが。

（2021/04/02）

もう少しあとさきを考えて行動しろ

二〇一九年十二月、大阪府警はわいせつ目的誘拐などの疑いで四十二歳の解体工の男を逮捕したと発表しました。この男は大阪市内のコンビニのトイレでスマホを拾い、あろうことかその持ち主の二十代の男性になりすまして、SNSで男性の恋人の十代後半の女性を「友達の家にいるからおいで」と言って自分の家へ呼び出していたのです。そして「彼氏はすぐ帰ってくる」などとウソをつき三時間近くも引き留めていました。

女性は自身のスマホに送信された「彼氏のスマホが乗っ取られている」とのメッセージで危険を察知し、さっさと逃げ出し警察に通報することとなったのですが、捜査関係者によると、男は「わいせつな行為がしたかった。エッチとか、できるかなと思った。少女の太ももを触った」など程度の低さ丸出しの供述をしているそうです。

エッチが目的だと言いながら、女性の彼氏の友達になりすますという時点で間違っています。女の子が彼氏の友達に簡単に身体を許すはずがありません。

これだけでも相当なアホですが、自宅に連れ込むというのが、まったくあとさきを考えていない行動です。これでは自分がどこの誰だかを言っているようなものですし、通報されたらすぐに捕まってしまいます。それとも通報されるなんて考えていなかったとしたら、それはそれでさらにアホ丸出しです。

今回は犯人がアホだったおかげで事件は早期解決となりましたが、世の中の悪者はこんなアホばかりではありません。多くの破廉恥犯罪者はもっと狡猾な手口で目的を遂げようとしますので注意が必要です。

もっとも、犯罪に走るという時点で、アホなのは間違いないとも言えますが。

(2019/12/19)

天才的な記憶力の使い方が間違っている

人並外れた素晴らしい能力もその使い方を誤れば、ただの犯罪者になってしまいます。他人のクレジットカード情報を使って飛行機に八十回ちかく乗っていた、横浜市に住む十六歳の中国人高校生が二〇二〇年六月に逮捕されました。自分で支払わない所詮他人の金ですから節約なんて考えもしません。この少年の乗る座席は、毎回エコノミークラスではなくプレミアムクラスだったそうです。彼は他にも同様の手口でタクシーやホテルを利用し、被害総額は一千万円以上にもなるようです。

すごいのはその額だけではありません。彼のカード情報の入手方法はさらに驚くべきものでした。なんと彼はアルバイトでスーパーのレジを担当した際、客の出すクレジットカードの情報を瞬時に暗記していたのです。カードの使用には十六桁のカード番号のほか、有効期限と裏面に記載されたセキュリティコードが必要です。それをこの少年は会計の短い時間だけで記憶するのですから、相当な記憶力の持ち主です。我々一般人は本を読むとき文字やことばでその内容を覚えますが、記憶の天才はそのページを写真に撮るようにそっくりそのまま「絵」として記憶するそうです。そして必要なときに頭の中でその「絵」を呼び出して内容をゆっくりと確認するのです。この少年もきっとそんな能力を持ち合わせていたのでしょう。

しかし、神はせっかくの能力を与える相手を完全に間違えてしまいました。常人からしたら羨ましい限りのその力が、彼にとっては逆効果になったのは残念なことです。弱い人間ほど自分にとって都合の悪いことは忘れようとします。今回の逮捕が彼の記憶から消えず、二度と同じ過ちを繰り返さないことを祈ります。

（2020/06/20）

第五章　どっちが悪いのか

多くの犯罪は、一方が悪くて一方は悪くないというのが通例ですが、世の中にはどっちが悪いのかわからないという複雑な犯罪もあります。

両方ともアホなのはたしかですが、どちらが悪いのかは、皆さんが判定してください。

ワルはどっちだ

三十代の男性を脅迫してタダ働きさせたとして、指定暴力団山口組傘下組織の幹部が逮捕されたというニュースが二〇二〇年の六月にありました。

最初にこの記事の見出しを見た時には「やはりヤクザは怖いな、被害者はいったいどんなひどい目にあわされたんだろう」と思いましたが、よくよく読んでいくとどっちが被害者なのかわからなくなりました。

被害男性は野球賭博をめぐって加害者の幹部に百数十万円の借金を作ってしまいまし

た。この幹部は焼き肉店を開店しようとしていましたが、暴力団対策法のため店舗のテナント契約を結べません。そこでこの一般人である被害男性を名義人として店をオープンすることを企てました。男性は難なく契約を結び開店にこぎつけましたが、それから一年間にわたり彼は従業員として働かされることとなったのです。

毎日、焼き肉店の店員として働かされる身は辛かったでしょうが、それでも借金のカタに遠洋漁業の船に乗せられたり、臓器を売られたりする話に比べたら十分に〝良心的〟です。

彼の時給は千二百円だったと言いますから悪くはありません。ただ、そのお金は借金の返済ということで、彼にはまったく支給されません。それでも彼が生きていられたのは「食事」は食べさせてもらっていたのでしょう。そうなると彼は『時給千二百円、まかない付き』の焼き肉店アルバイトをしていたのと同じです。この条件は決して悪い条件ではありません。

もちろん「公序良俗に反する博打の借金は債務ではない」という民法、「使用者は、暴行、脅迫、監禁その他精神又は身体の自由を不当に拘束する手段によって、労働者の意思に反して労働を強制してはならない」「賃金は直接労働者に支払わなければならない」という労働基準法に反するこの幹部の行為は法律的には「犯罪」であり、「悪」には違いありませんが、かといって男性だけが一方的に被害者というのには違和感があります。

自らの意思で違法な野球賭博に手を出して負け、借金を背負った男性にはまったく同情できません。幹部は「納得できない」と容疑を否認していますが、彼にしてみれば、「借金返済のための仕事を紹介しただけなのに、なんで捕まらなければならないんだ」という気持ちでしょう。というわけで、私にはこの事件は、どちらも被害者であり、どちらもアホに見えます。

(2020/06/26)

かわいそうなヤクザ

六十歳の暴力団組員が、郵便局から現金を騙し取った詐欺容疑で逮捕されたというニュースがありました。

いったいどんな悪事を働いたのか、架空の支払伝票により現金を受け取る、あるいは偽りの人物になりすまして貯金を引き出すなどしたのかと記事を読み進めていくと、そこにはなんともおかしくも考えさせられる事実がありました。

この組員は二〇一七年十一月に愛知県内の郵便局で「ゆうパック」の集配アルバイトとして働いていたのです。その際、彼が受け取ったバイト料は七千八百五十円でした。ちゃんと働いたのですからそれに対する報酬を受け取るのには何も問題はないでしょう。しかし、彼は重大なミスを犯していたのです。採用されるにあたり自らが反社会的勢力ではないという誓約書に署名しており、これが詐欺にあたると判断されたのでした。

六十歳の〝ヤクザ〟が学生や主婦に混ざって配達のアルバイトをしていたなんて今までなら考えられないことです。暴力団に対する法律が改正され、警察による締め付けも年々厳しくなっています。いままであったみかじめ料などの収入も得られなくなり、切羽詰ってのバイトなのでしょうが、それでも本職の〝ヤクザ〟が「お届けものでーす」なんて訪ねてきたら驚いてしまいます。

現在では組員と認定されれば事務所や家も借りられず、銀行に口座を開設することもできません。それどころか一般人と接触することさえも制限されているのです。一般市民が普通に行使できる権利をほぼ奪われていると言ってもいいでしょう。日頃は「正業に就け」と言われ、いざ真面目に働いたら今度は逮捕とは、自業自得とはいえなんだか可哀想な気もします。

今回の逮捕は別の事件で警察が男の組事務所を捜索したところ、男の口座に郵便局から給料が支払われていたことがわかり発覚しました。ほかにも身分を隠してアルバイトをしている組員はいるかもしれません。今、目の前にいるコンビニ店員がもしも……、なんて考えると迂闊に「おい、弁当を温めてくれや！」なんてえらそうには頼めません。

(2019/01/25)

老婆が運転した理由

二〇二〇年五月、北海道根室市の根室警察署の駐車場で、八十歳の女性が運転する乗用車が鉄製フェンスを押し倒したうえ、歩道を通過し、さらに車道まで飛び出すという事故が発生しました。幸いにも巻き込まれた人はいませんでしたが、もし歩道に人がいたらと考えるとぞっとします。

駆け付けるまでもなくその場にいた警察によりますと、女性は車を発進させた際、ハンドル操作を失敗し慌ててブレーキを踏もうとしたところ、誤ってアクセルを踏んだため急加速しフェンスに衝突したそうです。ここ数年多発している高齢者の運転操作ミスによる事故の典型的なパターンです。このような事故が起きるたびに、高齢者は運転免許を返納したほうが良いと思うのですが、実はこの女性が警察署を訪れたのは、八十四歳の夫の運転免許返納手続きのためだったのです。

「お父さん、そろそろ免許を返納してはいかがですか」

「何言ってるんだ、わしはまだまだ大丈夫じゃ」

「みんなそう言って事故を起こすんです。お願いだから運転をやめてください」

「やめて移動はどうするんじゃ」

「私が運転してどこへでも連れて行ってあげますよ」

「お前の運転の方がわしより安全と言うのか」

「そりゃそうですよ、なにせ四つも若いんですから」

なんて会話があったかどうかはわかりませんが、この女性はせっかく免許証の返納を決心してくれた夫に申し訳ない気持ちでいっぱいでしょう。

今回の事故で、彼女自身も免許返納を決めるかもしれません。そこで心配なのは、「今こそわしの出番じゃ」とばかりに、夫が返納を取り消さないかということです。

（2020/05/24）

罪な聞き違い

二〇二〇年三月、京都府城陽市のコンビニエンスストアで重症急性呼吸器症候群（SARS）に感染しているように装い営業を妨害したとして、偽計業務妨害の疑いで逮捕された六十代の男性が不起訴処分になりました。

この男性は逮捕時から一貫して「『サーズ』とは言っていない」と主張しており、店内の防犯カメラに記録された音声などから、ようやくそれが認められたのです。眼科医院で検査技師として働いていたこの男性は、その日感染力が強い流行性角結膜炎にかかり仕事を休んでいました。現金を振り込むために訪れたコンビニで、レジにいた女性店員に「僕、さわるとうつるので、これ（払い込みのためのチケットと紙幣）を消毒してください」と伝えたそうです。自身も医療関係者だけに、患っている結膜炎がうつってはいけないと善意から申し出たのです。戸惑う店員に「アルコールをかけて」と再度促すと応じたため、男性は用を済ませて店を出ました。ところがその後、店長が一一〇番通報したため男性は府警に偽計業務妨害の容疑で逮捕されることとなってしまったのです。

防犯カメラを調べたところ「僕、さわるとうつるので」という部分が「僕、サーズ」

と聞き間違えられたことがわかりました。三月といえば「コロナに罹っている」とウソを言う輩が現れるなど、日本中がコロナにピリピリしていた時期です。マスク越しで男性の言葉もはっきりと聞こえなかったのかもしれません。コンビニ店員の聞き間違いを責めるのは酷でしょう。しかし、警察は違います。その日のうちにもカメラを確認しておけば誤解だとわかったでしょうに、それをせずに勾留したのは「またか」との思い込みによるものです。結果、男性は仕事を辞めざるを得なくなり、二〇二〇年六月現在は無職だそうです。人々を不安のどん底に落としたコロナの影響はこんなところにも及んでいました。

(2020/06/18)

女子高生vs六十五歳

二〇二〇年八月、電車内で女子高生に暴行をはたらいたとして、神戸市に住む六十五歳の無職の男が逮捕されたというニュースがありました。

この男は、岡山県内を走行中のＪＲ山陽線の車内で、四人掛けボックス席の向かいに座っていた十六歳の高校一年の女子生徒に「足を広げるな。閉じろ」と言っただけでなく自らの両手で実際に膝を押し、開いていた足を閉じさせたのです。

これが昭和の女生徒なら自身の無作法を真っ赤になって恥じ素直に従ったのでしょうが、令和の女子高生はそうはいきません。「オッサン、なにさらすんじゃ、大きなお世話だ」とばかりに下車した駅で駅員に通報し、男を取り押さえさせたのです。他人の身体、しかも女性のそれを許可なく触ったのですから男に非があるのは間違いありませんが、彼からしたら大股開きで電車に乗る女の子を注意しただけで捕まるのはとても納得できることではないでしょう。

一九三二年（昭和七年）十二月十六日、東京・日本橋にあった白木屋デパートで死者十四人、重軽傷者百二十五人を出す大火災が発生しました。その犠牲になった女店員のほとんどは焼死ではなく転落死でした。なぜならそのころの店員の服装は和装であり、そんな彼女らは下着をつけていなかったからです。消防士の誘導によりロープを伝って上階から避難する際、下を見ると多くのやじ馬が自分たちを見上げていることに気付き彼女たちは焦りました。もし突風が吹き着物がめくれると中身が丸出しになります。そんなことになればお嫁に行けなくなってしまいます。それで裾の開くのを気にして片手でしかロープにつかまれず、かわいそうに転落してしまったのです。それほど当時の乙女の羞恥心は強いものでした。このデパートは当時としては高層建築となる八階建ての建物で、建築物の近代化が進む中いつ自分がその立場になるかもしれないと、この事件をきっかけに日本女性もパンツをはくようになったといわれています。

その後、わが国も洋装化がすすみ女性もズボンをはくようになると、和装のころは固く閉じられていた膝もだんだんと緩くなってきました。それでも昭和の女性にとってパンツは決して見られてはならないものでしたが、時代が平成になり〝見せパン〟なる見られても大丈夫なそれが出現すると、もうパンツは隠すものではなくなってしまったのです。現代では公共交通機関の中でも今回の女子高生のように「見るならご勝手に」とばかりに大きく足を広げてスマホをいじる若い女性が見受けられます。

しかし、彼女らが気にしなくても昭和のオジサンは目のやり場に困りオドオドしているのです。どうか女性のみなさん、誰もが心穏やかに電車に乗れるよう女性らしいおしとやかさを失わないでいてもらえませんでしょうか。こんなことを言うとまた「女性差別だ」としかられるのかもしれませんが。

（2020/09/04）

中学生vs六十六歳

現在、我が国の高齢者医療制度は年齢により二つに区分され、六十五歳から七十四歳は「前期高齢者医療制度」、七十五歳以上は「後期高齢者医療制度」と位置付けられていますので、今六十四歳（執筆当時）の私も、あと半年もすればいよいよ高齢者の仲間入りということになります。

そんな年になったなんて自覚は全然ありませんが、さすがに以前ほどの体力はなくなってきました。私は学生時代ボクシング部に所属していたこともあり、運動不足解消のために家にサンドバッグを吊るしています。しかし、それは残念ながら当初のトレーニング目的からいまや青春時代を思い出す単なるオブジェと化しています。なぜなら購入後すぐに現役時代のように勇んで一ラウンド叩いてみたところ、その三分が長いのなんのって、とても最後までもたなかったからです。普段の生活の中では自分の年齢を意識することはありませんでしたが、そのときあまりの体力低下に愕然としたのを覚えています。当然と言えば当然ですが、十代二十代の頃の体力に六十代が敵うわけないのです。

二〇二〇年八月、福岡市で、自転車に乗った男子中学生を転倒させてけがをさせた疑いで、六十六歳の無職の男が逮捕されたというニュースがありました。この男は自転車で走行中、後ろから来た中学生に追い抜かれたことに腹を立て、およそ二キロにわたって「スピード出しすぎ、警察行くぞ」と怒鳴りながら追い回した挙句、後ろから押して転倒させていました。

私はこのニュースを聞いて驚きました。男子中学生といえば、人生でもっとも体力が有り余っている時期です。それを追いかけまわすなんて、なんと無謀な六十代なのでしょう。中学生も後ろからわけのわからないオッサンが大声で怒鳴りながら追いかけてくるのですから、そりゃ必死になって逃げたはずです。それに追いつくのですから尋常な脚力ではありません。また二キロも追いかけたということは、八分ほど自転車をこぎ続けたということです。一ラウンド三分でひーひー言っている私から見れば、その心肺能力にも感心してしまいます。私より二歳も年上でありながらこんなにもすごい体力だなんて。被害者には申し訳ありませんが、事件そのものよりそちらに興味を引かれ「私も頑張らないと」と思ったニュースでした。

(2020/08/28)

誰かがベッドで眠っている

北海道札幌市中央区に住む二十五歳の会社員の男が他人の家に正当な理由なく侵入したとして、住居侵入の現行犯で逮捕されたというニュースが二〇二一年一月にありました。記事によりますと男は朝八時ごろ、札幌市中央区の二十代の女性が暮らすマンションの一室に侵入しているところを通報で駆け付けた警察官に逮捕されたということですが、その経緯はなんとも不可解なものでした。

このマンションの出入り口はオートロックで本来なら住人か、許可された者しか入ることはできないはずでしたが、どういうわけか男は侵入。それでも各戸には鍵が付いています。しかし、どれだけ頑丈な鍵も施錠しなければ意味がありません。なんとこの女性は部屋の玄関の鍵を開けたまま留守にしていたのですからなんとも不用心なことです。

さらに午前七時ごろ帰宅した女性はすぐに自分のベッドで寝ている男を見つけたのにもかかわらず、同居する男性の友人だと思ってしばらくそのままにしていたというのですからとんでもなく太っ腹な女性です。その後、女性が同居人男性に友人が来ている旨の連絡をするとその事実がなく、部屋にいる男が全く無関係の知らない人物だったことが判明し警察に通報したというのですから呑気なことにも程があります。

どうやら男はススキノで飲んだ帰りで酒に酔っていたようで、住所が同じ中央区ということからも自分の家の近所までたどり着いたものの、間違えて女性の家に入ってしまったようです。泥酔状態で無意識だったとはいえ罪を犯した事実は消えません。これから男は酒を飲んだことをずっと悔い続けることになるでしょう。

それにしても被害者の女性も大概なものです。今回は、危害を加えられることもなくただ自分の家で男が寝ていただけでしたが、これからは家の鍵はもちろんのこと、心の鍵ももう少し厳重にしないと、そのうち彼女にも悔い続けなければならないことが起こりそうで心配です。

（2021/02/06）

第六章　非常識の国

ニュースを見ていると、あれ？　この国全体がおかしくなっているのかなと思うようなことがあります。もしかしたら、世の中が少しずつアホになっているのかもしれません。

クマも簡単には撃てないって？

北海道砂川市でヒグマの出没が相次いでいるにもかかわらず、駆除のためのハンターが出動できない事態になっているというニュースがありました。その理由は二〇一八年八月に北海道猟友会の砂川支部長が、警察立ち会いのもとにヒグマを駆除したのにもかかわらず、その後に北海道公安委員会から「弾が届く恐れのある民家の方向に撃った」として猟銃の所持許可を取り消されたことで、ほかの会員も同様の処分を受けないか不安を抱いて出動を渋っているからだそうです。

許可を取り消された支部長は、処分取り消しを求めた訴訟の中で「現場の警察官とも問題ないと打ち合わせをし、適正な手続きを行って駆除した」と主張しています。猟友会のみなさんは自治体や警察からの依頼により有害動物の駆除に向かいます。そしてそのミッションを然るべき手続きを踏んで無事に果たした後になって「不適切」と一方的に決めつけられた上、資格を剝奪され責任を取らされるのでは協力したくなくなるのも当然です。ましてや今回の場合、現場に警察官もいたのにもかかわらず公安委員会（警察）が〝NO〟と言うのでは、もう何も信じられなくなります。

そもそも民家の近くでヒグマを撃ったのは〝民家の近く〟だからです。間近に迫っている危険を排除するためです。あたりになにも無い山の中では撃つ必要はありません。それでもなお公安委員会がダメだと言うのなら、警察官は「銃所持」が認められているのですから民間の猟友会に協力要請などせず、自らの組織だけで市民の安全を守るべきです。もっとも目の前に迫ってくるヒグマに対し冷静に引金を引けるかどうかは甚だ疑問ですが。

そんな猟友会のストともいえる事態の中、北海道三笠市でも、連日体長一五〇センチほどのヒグマが目撃されています。それも登山口に設置されたトイレの横や民家の前など、市民が頻繁に行き交う場所にです。建前や意味のないプライドに固執するあまり事態の収拾が遅れ被害を拡大させるのは、それこそ市民に銃口を向けているのと同じです。

（2020/07/10）

丸刈りでは、反省できないだと？

福岡少年院が二〇二一年二月から入所者に一律丸刈りを課すことをやめ、スポーツ刈りも選べるようにしたというニュースがありました。その理由が丸刈りを強制されることが自己否定となり、矯正教育に集中できない少年がいたからというのですから呆れます。

少年院に入れられるということは何かしらの悪さをしたからです。そんな悪い自分を否定させずして少年院の意味がありません。少年院は刑務所と違って罰として入るのではなく、矯正のための施設とされています。

識者のなかには「髪型を選べることは子供の権利の観点からも前進で、そもそも丸刈りにすれば反省するという合理的な根拠はない」などと分かったような事を言う人がいますが、百歩譲ってそうだとしたら頭髪だけでなく服装も規定せずに自由でなければ筋が通りません。それに髪型だけでなく、起床や就寝時間も選ばせろと言ってきたら、識者は「それも前進」とでも言うのでしょうか。

更生とは自分のしでかしたことを反省し、何が悪かったのかを知ることから始まります。それを丸坊主では反省できないなんて端から反省する気がないのと同じです。そもそも少年院に入らなければならなくなったのは、社会のルールを守れなかったからです。矯正教育の目的は自分の意思でルールを守れるようにすることであるはずなのに、少年院という小さな社会のルールさえ守ることを拒否するのなら永遠に社会に出すことはできません。

入所者は少年といっても幼気(いたいけ)な小学生ではなく背丈も成人と変わらない体格で、犯罪の内容も傷害、恐喝、詐欺あるいは殺人と大人顔負けのものが並びます。しかし、彼らは少年法で守られており〝矯正教育〟の名の下に厳しい罰を与えられることはありません。そのため、罪を犯すなら〝少年〟のうちになんて嘯(うそぶ)く者までいる始末です。せめて厳しい〝矯正教育〟を施すことにより「こんなところに入ったら大変」だと思うくらいが丁度いいのです。

かつての中学校では丸刈りが標準でしたが、現代では生徒の人権保護の名目ですっかり姿を消しました。しかし、それと同列に語ることは出来ません。なぜなら少年院では自由が制限されるのは当然だからです。少年院は居心地のいい場所である必要はなく、またそうであってはいけないのです。私などは、少年院に入っている間はてっぺん禿げのヘアスタイルにしてやればいいと思うのですが、こんなことを言うと、また人権派の弁護士や文化人から叩かれるのでしょうね。

(2021/02/19)

運転手にも腹が立つが裁判官にも腹が立つ

三重県津市の国道で二〇一八年十二月に乗用車を時速百四十六キロの猛スピードで運転中、乗客を乗せたタクシーと衝突事故を起こし、タクシーに乗っていた五名のうち運転手を含む四名を死亡させ、残る一名にも重傷を負わせた被告に懲役七年の判決が言い渡されたというニュースがありました。

この裁判は被告の罪が最高懲役十五年の危険運転致死傷罪か七年の過失運転致死傷罪かで争われていましたが、結果「過失」運転だと認定されてしまったのです。その理由を「被告は運転技術に自信があり、危険だと思っていなかったから」と言いますから、呆れるやら腹が立つやら。その過信こそが「危険」そのものなのです。そしてそれを信じて認めてしまう裁判官も大概なものです。

私もスピード違反で捕まったことがあり、決して清廉潔白な身ではありませんが、それでも一般道を百四十六キロでぶっ飛ばすような真似はしません。高速道路であれば信号機がない、歩行者がいない、みんな同じ方向に走っていて対向車がない、なによりも道路自体が高速走行に適しているように設計されており、百キロ以上のスピードでも安全が担保されています。しかし、被告が百四十六キロものスピードで走ったのは一般道です。これが危険でないとしたらほかに危険なんてありません。さらに被告は過去に八回も事故を起こしていました。そんな下手くそな男が「運転に自信がある」なんてよく言えたものです。

今回の判決は「言ったもん勝ち」そのものです。死亡した乗客の中に結婚間近な三十一歳の男性がいました。今回の被告は被害者だけでなく、彼の婚約者の未来をも奪ってしまったのです。被告がどんな罰を与えられようと失われた命が戻ってくることはありませんが、それでも残された人たちの感情を無視するかのような判決は納得できません。

よく思うことですが、この国の司法が犯罪者に与える刑罰は一般国民の感覚とは明らかにずれています。それともおかしいと思うのは私だけなのでしょうか？　（2020/06/19）

時代遅れの東大生

東京大学に通う女子学生が東大のサークルに入れてもらえないのは「差別だ」と話題になっています。

私は大学生の頃、同志社大学体育会ボクシング部に入っていました。そこの部員は、全員「同志社」の学生でした。学校名の入ったゼッケンをつけて試合に臨みますので当然です。神宮球場で「早稲田」のユニフォームを着て早慶戦に出場する「明治大学」の選手がいないのと同じことです。

ところが東大の一部のサークルでは自校の女子学生を排除して他大学の女子大生のみを加入させているというのです。もっとも「体育会」と「サークル」はまったく異質なものですから同列にはできません。「サークル」とは体育会のような厳しい練習は嫌だけどそのスポーツは楽しみたい、あるいは一つのものにこだわらずにいろいろなものを臨機応変に楽しみたいなど学校側が用意したクラブではない、いたって緩い感じの集まりです。

それでも真剣に目的に向かって努力していればいいのですが、中には「大学生活をひとりで過ごすのはつまらない。気の合った仲間とワイワイやりたい。それが異性なら最高」という超軟派なものも存在します。いや、目的が「男女交際」に特化しているとしか思えないものまであるのです。

そんなサークルの男たちにとって一番の関心事は「どんなカワイイ女の子が入部してくるだろう」なのです。かつての東大女子といえば牛乳瓶の底のようなメガネを掛けた、お世辞にも美しいと言えない女の子が多数を占めているというイメージでした。美人が大好物の男たちにとってそんな東大女子はお呼びでありません。そこで手間を省くために門前払いとなったのです。

また東大男子は「やっぱり東大生ってすごーい！」と言われたいけど、東大生の女子には言ってもらえません。ですから東大女子は「オンナ目的」の男子東大生にとって邪魔でしかなかったというわけです。

傍から見ているとどうでもいいことで、好きにやってくれやというものですが、東大女子にしてみれば気分のよくないことでしょう。ということで、真面目な話をすると、学校側はそんないかがわしいサークルを公認してはいけないでしょう。まったく任意の非公式団体として勝手にやらせておけばいいのです。また、東大女子のみなさんもそんなところに入る必要はありません。何も女を求めるのが目的のつまらないサークルに入らなくても、もっと健全なサークルはいくらでもあります。そこで学生生活をエンジョイすればいいのです。仮にサークルで恋人がほしいとしても、真面目なサークルにいる学生のほうがずっと素敵な男のはずです。

それにしても東大生は本当に空気の読めない世間知らずのバカだと思います。現代の東大生は他大学に比べて裕福な家庭の子弟が多いのは周知の事実です。それだけにおしゃれに金を掛けることができる女子も多いのです。それをみすみす逃すなんて、もったいないったらありゃしない。ちなみに二〇一八年のミス・インターナショナル日本代表は東大生女子でした。

(2020/02/07)

おーいお茶

二十一世紀になって二十年が経過しようというなか、とんでもない前世紀の遺物が埼玉に残っていました。

二〇二〇年二月、埼玉県議会が常任委員会などで県会議員にお茶を出す慣例を廃止することにしたというニュースがありました。現代は、コンビニではお金を払っているにもかかわらず、コーヒーは自身でカップに注がなければならない時代です。「お茶くみ」なんて死語になりつつある現代に「いったい何をしてんねん」と思いましたが、さらにそのためだけに県が女性の臨時職員を七人も雇っていたと聞いて驚くやら呆れるやら。

廃止の理由は経費削減などらしいのですが、いままで「こんなことに税金を使っていてはいけない、とっととやめよう」と誰も言わなかったのが不思議です。「自分が損するわけじゃないから、まあいいか」と所詮、他人事だったのでしょう。

かつて日本の会社の多くは出勤後、まず自席で女性事務員がいれたお茶を飲みながらタバコを一服するのが日常の風景でした。それが男女雇用機会均等法の施行もあり「私たちはお茶くみのために会社に来ているんじゃない」との女性社員の声も大きくなり、飲み物はセルフサービスが定着してきました。当初、若い女の子にお茶をいれてもらうことを至福の喜びとしていた「ダメおやじ社員」は抵抗を試みましたが、バブル崩壊後、企業が生産性を上げるため女子新入社員といえども戦力として計算するようになっては諦めるしかありませんでした。

そして二十一世紀に入ると嫌煙運動も活発化し、いまではタバコの吸えるオフィスはほとんどなくなり、かつての「ダメおやじ社員」は行き場を失いました。「お茶くみ」

は日本社会から無くなるべくして消滅したはずですが、さすが一般社会の常識とは一線を画する議員の皆さん、いままで後生大事にその〝伝統〟を残していたのです。

今後は各自でマイボトルやペットボトルを持ち込むことになるそうですが、デタラメに慣らされた議員だけにその飲み物を「政務活動費」で買ったりしないか心配です。こんな人たちが一般市民より多くの報酬を手にし、なおかつ「先生」と呼ばれるのはどう考えてもおかしいでしょう。


(2020/03/01)

アホ丸出しのランキング

二〇一九年一月、性交渉をしやすい大学をランキング化し、記事で紹介した雑誌が一斉に非難を浴び謝罪しました。

かつては男女が一緒に宴会をすることを「合コン」と呼び、その費用は男性が幾分多めに払うなどしましたが、最近では男性が女性の飲食代を負担した上に小遣いまで渡す「ギャラ飲み」が流行っているといいます。草食系男子なんていう言葉が聞かれるようになって久しい現代ですが、ついにここまでしないと女の子に付き合ってもらえないようになったとは情けない限りです。これではオッサンが温泉場の宴会でコンパニオンを呼んでどんちゃん騒ぎをするのと同じです。

そんな「ギャラ飲み」後にセックスできる女子大生がどの大学に多いのかを記事にしたのが「ヤレる女子大学生ＲＡＮＫＩＮＧ」でした。しかしよくもまあ、そのものズバリのタイトルをつけたものです。私たちの学生時代も夜中に男たちが下宿に集まって「〇〇女子大の娘は軽い、××短大のネーちゃんはすぐできる」なんて、もてない自分のことは棚にあげ意気がる会話はありました。しかし、それはあくまでよく知った者同士がほんの狭い空間内だけで共有する他愛の無いものであって、大手出版社が世間に向けて実名で公表するのとはわけが違います。

扇情的なワードだけで部数を増やそうとする姿勢にはプライドのかけらも感じられません。名指しされた学校に娘を通わす保護者、学生たちの名誉を守ろうとする学校関係者が文句を言うのももっともです。なんの波風も立たず、面白い記事だったとすんなり受け容れられると思っていたとしたら、その空気感の読めなさだけで、時代の先端を行くべき雑誌編集者として失格でしょう。

たかが、雑誌の一記事なんか一笑に付したらいいと言う人もいるでしょうが、その記事を真に受ける残念な人がいることも事実です。この記事を読んで張り切っているバカ男がいないことを祈ります。

（2019/01/18）

リタイア後のライフワーク

神奈川県大和市が、勤務中に居酒屋で飲食していたとして、「生活あんしん課」に所属する会計年度任用職員の三人を停職の懲戒処分にしたというニュースが二〇二〇年十一月にありました。

この三人は六十一歳、六十七歳、六十八歳のいずれも男性職員です。彼らは、繁華街での違法な客引きなどを「指導、警告」する安全安心指導員として採用されていました。本来なら駅周辺などの繁華街で、しつこく付きまとうなどの迷惑な客引き行為に目を光らせなければならないところを、自ら飲食店の中に入っていたのですから、指導もなにもあったものではありません。

六十一歳男性と六十八歳男性は六月中旬から十月中旬にかけ四十七回にわたって居酒屋に四十五分の休憩時間をはるかに超える二時間ちかくも毎回滞在していたばかりか、六十一歳男性はほぼ毎回酒まで飲んでいました。六十七歳男性も八月に六十八歳男性の誘いで七回居酒屋に休憩時間を超える二時間ほど滞在し、一回飲酒していたといいますから仕事をやる気などはまったくありません。

これだけサボりながら、三人とも業務日誌には真面目に働いていたとの虚偽の報告をしていたのですから悪質です。三人のうち一人くらいは、「こんなことはよくないぞ」と言う人はいなかったのでしょうか。

停職期間は六十一歳男性と六十八歳男性が翌年三月三十一日までの百二十二日、六十七歳男性が一ヵ月となっており、なおかつ市は三人に勤務を怠った時間分の計約二十万九千円の返還を求めるとしています。会計年度任用職員とは文字通り会計年度（四月から翌年三月まで）の一年限定で採用される職員ですので、停職期間が三月三十一日までということは事実上のクビです。

六十歳以上ということは、定年を迎えて再就職として職員に応募したのでしょう。いい年をして遊び半分で仕事をしてクビになるなんて、これほどみっともないことはありません。六十歳までいったいどんな仕事をしてきたのでしょうか。

それとも客引きの人が客引きしなくてもいいように、自ら店に入っていたとでもいうのでしょうか。

（2020/12/04）

馬を走らせるのはＯＫで蹴るのは駄目なのか？

北海道・帯広競馬場が主催する「ばんえい競馬」で、途中で走れなくなった出走馬の顔を蹴り上げたことで騎手が処分されたというニュースが二〇二一年の四月にありました。

「ばんえい競馬」とは私たちが日ごろ目にする平地を駆ける競馬と違い、サラブレッドの倍ほどの大きさの農耕馬が騎手と重量物を載せた鉄製のそりを引いて障害となる二ヵ所の台状になった小山を越えてゴールを目指すものです。

今回、その小山で力尽きて跪いた馬を起こそうと、そりから降りた騎手が馬の顔に二回にわたって蹴りを入れたのです。その様子がネット配信で人々の目に触れると一斉に「これは動物虐待だ」「馬に対する感謝の気持ちがない」などの批判の声が湧き起こり、この騎手は戒告処分となりました。

無抵抗の馬の顔面をためらいもなく蹴り上げる姿は、馬に特別な思い入れがあるわけではない私が見ても決して気分のいいものではありませんので、競馬ファンや動物好きの方々が怒り心頭に発するのはわかります。

しかし、冷静に考えると批判者たちの言い分にも矛盾を感じます。馬を蹴るのは確かに動物虐待には違いないでしょう。しかし、今回の馬のとなりのコースで、小山に登らせようと別の馬が鞭で力いっぱいお尻を叩かれているのには誰も苦情を言いません。鞭でしばくのはよくて、足で蹴るのは駄目という理屈もよくわかりません。

彼ら批判者がそうする理由は競馬自体は楽しみたいが、暴力的なものは見たくないというまったく個人的な理由にほかなりません。馬にしてみれば鞭で叩かれることも十分に〝暴力〟です。批判者たちは馬のために声を上げたのではなく、そんな馬を見たくない自分のために批判しているのです。

さらに言えば、サラブレッドが走る競馬も同様です。生まれた時から毎日毎日、背中に人を乗せられ、鞭で打たれ、長いコースを走らされるのです。それで、脚が遅いとなると、多くは若い身空で殺処分です。

私は競馬やサーカス、動物ショーなど動物を使う娯楽すべてをやめてしまえなんて言うつもりは毛頭ありません。それらは文化でもあるからです。中には闘牛や闘犬といった残酷さに主眼を置いたように見えるショーもありますが、これも是非を問うのはなかなか難しいものがあります。それに、ショーではありませんが、私たちはふだんから牛や豚や鶏を殺して食べています。そんな事実から目をそむけ「われこそは動物の味方

……、なんて優しい私」と悦に入る批判者たちには違和感を覚えるのです。（2021/05/07）

成人の日こそ大量検挙すべし

二〇一九年一月、兵庫県加西市は成人式を従来の式典形式に戻すことを決めたというニュースがありました。

過去飲酒した新成人が進行を妨げるなど「荒れる成人式」となっていたため、前年の式はそれまでの式典をやめ、立食で歓談する「つどい」形式に切り替えていました。しかし、市長が挨拶している最中にも談笑が続き、さらには過去同様暴れる人が現れるなど成人としての自覚がまったく感じられないものとなってしまったのです。

また、参加者へのアンケートでもつどい形式が「よかった」は十六パーセントにとどまり、「よくなかった」が三十六パーセントと倍になったことから以前の方式に戻すというのですが、どう考えても市の対応はおかしいと思います。そもそも式が正常に進行できないから変更したのにもかかわらず、何ひとつ改善されなかったのですから、元に戻しても仕方がありません。それを評判が悪いという理由で押し切られるなんていったいどこまで新成人に媚びているのでしょうか。

ちゃんと出来ないのなら無理して成人式なんて開かなければいいのです。アンケート調査によれば、成人の日は「友達との再会の場があればいい」との意見が多かったそうですが、それならなにも自治体がお膳立てしなくても勝手に居酒屋なりを予約して集まればいいだけです。

成人式の運営費はすべて税金で賄われているのです。若者のバカ騒ぎにそれらを使う必要はまったくありません。成人式は人生の大きな節目です。その晴れの日を迎えるまでには両親をはじめ多くの人たちの愛情と支援があったはずです。ほとんどの新成人はそれに感謝し、厳粛な心持ちで成人式に臨んでいることでしょう。自治体もそんな彼らを祝福、応援しようと成人式を企画しているのです。一部の大人になりきれていない不届き者によってせっかくのそんな機会がなくなるのは残念なことです。

大部分のまじめな新成人のためにも、式を妨害する輩は容赦なく取り締まり実名を明らかにして反省を促す必要があります。そしてそれが抑止にもなるのです。かわいそうだなんて考えて遠慮する必要はありません。なにしろ彼らはれっきとした「成人」なのですから。

（2019/01/07）

弁当コミュニケーション

二〇二一年一月、自民党の四派閥が「箱弁当」を自粛することで一致したというニュースがありました。

「箱弁当」とは毎週木曜日の昼に派閥のメンバーが集まり、結束確認のためにそろって弁当などを食べることだそうです。国会議員の会食ルールが問題となる中、今回の「箱弁当自粛」はいかにも「ちゃんとやってますよ」感を出すために考えたようですが、コロナによる緊急事態の今、こんな決議で自信満々なのを見ると、呆れを通り越して哀れにさえ感じるのは私だけではないでしょう。そんな能天気な国会議員に振り回される国民は堪ったものではありません。

「緊急事態宣言」発令にあたり、政府は夜八時以降の外食を控えるよう要請を出しました。「では昼なら大丈夫」と昼の店が混雑すると、あわてて「昼だから安全ではない」とストップをかけます。それに対して飲食店からクレームがつくと、今度は「問題なのは人数で一人なら大丈夫」と言うではありませんか。それなら夜八時以降であっても一人なら問題ないということになるはずで、最初の「夜八時以降の外食を控えるように」はいったい何だったんだとなります。

また、店を開けるにあたって感染予防のために推奨した入店前の検温というのもどうなんでしょうか。寒空の中、歩いてきた客の体表温度を測るのですから引っかかるわけがありません。大概が低すぎて「ＬＯＷ」の表示で何回もやり直す始末です。そもそも熱がある人はわざわざ外食なんてしません。物事の本質を捉えず、その場その場で目先のことしか言わないから無駄なものばかり増えています。

日本で最初の新型コロナウイルス感染者が確認されて一年が経過しますが、最近のマスコミの煽りにも似た報道もあって日本中が浮足立っています。今一度、目先の数字に一喜一憂するのではなく、落ち着いて自分の身は自分で守る方策を見つけることが肝心です。感染拡大を抑えるためにはすべての機能をストップさせれば最も効果的なのでしょうが、人間の命を奪うのはコロナウイルスだけではないことも忘れてはなりません。生きるためにはお金が必要なのです。

ところで冒頭の「箱弁当」ですが、自粛とはいっても弁当の持ち帰りに関しては認めるそうです。なんというセコさでしょう。「昼飯ぐらい自分の金で食え」と思うのも私だけではないはずです。

（2021/01/22）

生殖器の適切な大きさとは

韓国・忠清南道にある私立大学の教授が学生への不適切な課題により辞職に追い込まれたというニュースが二〇二一年三月にありました。

この六十四歳の〝病理学〟を教える教授は、事前課題として履修登録した学生に電子メールで基礎質問シートを配布し、最初の講義までに問題を解いてくるように指示を出していました。実際の授業の前に予習を求めることはよくあり、学生もなんの違和感もなく受け取りましたが、その内容を見て驚きました。なんと配布された基礎質問シートには「男性の生殖器の適切な大きさは？」、「男女共に性欲を引き起こす最も重要な物質は？」、「性行為を行える程度の心肺持久力をテストする最も良い方法は？」など、とても大学で学ぶ病理学とは思えない三流エロ雑誌の特集記事のような性的質問が並び、さらに「受胎が起きる場所は？」という質問には四択として①子宮、②卵管、③子宮頸部、ここまではいいとして④モーテルという選択肢が用意され、また、「あなたの体で最も活動的な筋肉は？」という質問には①背中、②あご、③目、そして④「新婚旅行で使う筋肉」となると、もうフリップ芸のオチでしかありません。お笑い養成所の講義ならまだしも、れっきとした大学の授業でこれはあまりにもふざけています。

しかし、救いは学生たちがまともだったことです。こうした文言について「病理学を学ぶ上で必要な質問なのか理解不能だ」とした上で「戸惑いと侮蔑感を感じる」と拒否反応を示し、すぐさま大学側に抗議しました。そして事態を重く見た大学が辞職を迫り、この教授は抗議によって講義をすることなく大学を去ることとなったのです。

その後、真面目な授業とは程遠い今回の基礎質問シートはこの教授のオリジナルではなく、なんとアマゾンで三十七週間連続のベストセラーとなりアメリカで二百万部売れた本からの引用だったことがわかりました。教授はその本を読んで「これは面白い、学生にウケるだろう」と考えたのかもしれませんが、〝笑い〟をなめてもらっては困ります。TPOをわきまえなければ、どんなに優れたネタもウケるわけがないのです。四十年以上お笑い構成作家をしている身としては、こんなネタの無駄遣いはやめてもらいたいものだと切に思います。

(2021/03/19)

テイクアウト用喫煙所

市役所敷地内にあった喫煙所の小屋を勝手に自宅へ持ち去ったとして、山形県尾花沢市の四十代男性職員が減給の懲戒処分を受けたというニュースが二〇二一年三月にありました。

喫煙所を持ち帰るとは随分と大胆な泥棒だなと思いきや、記事をよく読むと、その実態はまったく違うものでした。

そもそもその小屋は不要になり解体される予定でした。職員は「もったいないので譲り受けたい」と、小屋の処分を担当していた三十代の職員の許可を得て、約十万円の移転費用を負担して自分で業者を手配し、クレーンでつり上げてトラックに載せ自宅敷地内に運び込んだのでした。これでどうして懲戒処分になるのか不思議です。

市としては解体費用の支出がなくなり、職員は欲しかった小屋が手に入るのですから八方丸く収まるはずでしたが、市長の自宅に匿名の郵便物が届いて事態は急展開しました。

この告発した人物が、自身が狙っていた小屋を職員という立場を利用して手に入れたのが気に入らなかったのか、あるいは個人的にこの職員を陥れようとしたのかは定かではありませんが、いずれにせよそのためにせっかく安住の地におさまり第二の人生を送ろうとしていた小屋が急遽「今後、市の管理のもとで処分する」ことになってしまいました。そのために新たに発生した処分費用はもちろん市が負担するのですからなんとも無駄なことです。

たしかに設備や備品が要らなくなったから「お近くの人がご自由に」となると、まだ使えるのにもかかわらず〝不要〟とする不届き者が現れる可能性もあります。それを防ぐには「何もかもダメ」とするのが手っ取り早いのでしょうが、そのために無駄が発生するのはもったいないことです。

「瓜田に履を納れず、李下に冠を正さず」公務員に清廉性を求めるのは当然ですが、市の財政は市民の税金により賄われています。一円たりとも無駄にしてほしくはありません。

（2021/03/28）

空腹の恨み

警視庁に逮捕された男性が、当日の夕食提供がなかったのは違法だとして東京都に十五万円の国家賠償を求めた訴訟で、最高裁第二小法廷が都の上告を受理しない決定をし、一万千円の賠償を命じた二審東京高裁判決が確定したというニュースが二〇二一年四月にありました。最高裁判所の裁判官が「容疑者に対し食事の希望の有無を確認するのは警察官の義務だ」と言うのですから、この国はどこまで犯罪者にやさしい国なのでしょう。

この男性は八王子署が捜査していた脅迫事件で逮捕状が出ており、二〇一八年三月に任意同行先の上野署内で逮捕されました。その日のうちに八王子署に連行されて取り調べを受けた後に留置場で就寝、翌朝、留置係の警察官に「昨日の晩、夕食の提供がなかった」と訴えていたのです。

旅館が投宿した客に「お客様、夕食の準備はいかがいたしましょう」と尋ねるのは当然ですが、警察は宿泊施設じゃありませんし、ましてや相手はお客様でもないただの容疑者です。そんな男になぜ夕食を出してもてなさなければならないのでしょうか。わけがわかりません。刑務所に入れられている者に「お前は犯罪者だからメシ抜きじゃ」というのは人権蹂躙（被害者の人権をないがしろにした犯罪者の人権を守る必要があるのかは置いといて）かもしれませんが、男性は逮捕こそされたものの、まだすべての自由を奪われたわけではありません。腹が減ったのなら〝自分の金〟で出前でもなんでもとればよかったのです。そうはせず、あとになって警察や都にまでいちゃもんをつけ金を取ろうとするのですからとんでもない〝脅迫犯〟です。

（2021/04/23）

「働こう」と言ってはダメなのか！

大阪の堺市議会で人の価値基準が「生産性」になるのはいかがなものかとして、生産の向上などを謳う市民憲章の見直しを検討するというニュースが二〇一九年の一月にありました。

この憲章は一九六三年に市民道徳を高める目的で制定され、「たくましく働くことに喜びをもち、生産の向上につくします」「秩序を重んじ、ひとに迷惑をかけないようにします」など五項目の目標を掲げ、成人式でも参加者が唱和しているものです。私はこの憲章のどこに問題があるのかさっぱり分かりませんが、問題提議した市議によると、「たくましく働こう、迷惑をかけない」というのが生活保護を受けている人たちに悪い、と言うのですから呆れてしまいます。

この憲章の主語である「わたくしたち市民は」はあくまでも健全に働くことができる人が対象であって、そうでない人にまで強要していないのは明らかです。文句を言う人は一から十まですべて書いてもらわなければ理解できない国語力しか持ち合わせていないとしか思えません。「頑張って働いて病気にでもなったら大変だから労働はそれなりに、そしてしんどい時には躊躇(ためら)わず生活保護をさっさと申請してゆっくり人生を楽しむようにしましょう」なんて憲章なら満足するのでしょうか。そんなことがまかり通れば社会は衰退する一方です。さらに言えばこの市議が「すべての人々への気配りとなる俺の意見は素晴らしい」と自信満々なところにも大いなる違和感を覚えます。

社会的弱者を切り捨てるのではなく、行政や地域が助け合いながら共存していくことが成熟した社会だということは言うまでもありませんが、それにしても働くことは悪だ、弱者は何をしても許されるべきだなど、昨今「人権」「やさしさ」を取り違えているとしか思えない風潮が強くなっていることに危うさを感じます。人間は他人に迷惑をかけず、一所懸命真面目に働くことが豊かな人生を送るために不可欠なはずです。

生活保護に関しては不正受給が後を絶ちません。そんな人たちには後ろめたさもあってか、この憲章は目障りかもしれませんが、本当に必要としている人たちには過剰な気の使い方をすることのほうが逆に失礼ではないでしょうか。もちろんやさしさは人間にとって必要なものですが、それだけで社会は成立しません。国民の三大義務は勤労・納税・教育です。

（2019/01/11）

二〇二一年六月、元プロゴルファーの古閑美保さんが女子ゴルフ大会のテレビ解説をした際、選手を呼び捨てにしたことに「解説するなら呼び捨てはダメでしょ」「〇〇選手と言ってくれた方が聞きやすい」などの意見が寄せられたそうです。

スポーツ中継の場合、実況アナウンサーはほとんどの選手を呼び捨てにします。それはプロ選手だけでなく甲子園大会など相手が高校生であっても同じです。これは状況を伝える時間を少しでも多くとるためと、「選手、選手」の連呼が視聴者にとって耳障りになるとの配慮からです。それに対し解説者にはそれほど時間的制約がないので〇〇選手や〇〇さんと呼ぶことも可能です。

だからといって必ずそうすることが正解かどうかは別です。古閑さんは自身もプロゴルファーだったので、出場選手の多くは後輩になります。そこで普段通りに呼ぶことで自分の知っている選手の人となりをより伝えようと考えたのでしょう。彼女は「これからも私なりの解釈で引き受けさせて頂きますので」と言っているそうですが、それでいいと思います。

「さん」付けといえば、昨今の行き過ぎた丁寧さには辟易します。個人を呼ぶときの〇〇さんは当然ですが、それをグループ、団体、会社にまで当てはめるのはいかがなものでしょう。「ＡＫＢ48」を「ＡＫＢ48さん」だなんて違和感満載です。「ＡＫＢ48」のメンバーが「『さん』が付いていないじゃないか、失礼だ」なんて怒るはずがありませんし、逆におちょくられているようにも感じるのではないでしょうか。「ダウンタウンの松本さん」を「ダウンタウンさんの松本さん」なんて「明石家さんのさんまさん」と言うのと一緒です。また巨人ファンがタイガースのことを「阪神さん」なんて言ったらオール阪神さんのことかと思います。丁寧なのは結構ですが行き過ぎは滑稽以外のなにものでもありません。

丁寧といえば当人は謙虚さを見せたいのでしょうが、「○○させていただいています」という言い回しも気になります。若いタレントが「俳優もやらせていただいています」なんて「いや、誰もやらせてあげるなんて言っていないよ」と意地悪も言いたくなります。許可を得るまでもなく自分の意思でやっているのですから、自信をもって「やっています」で十分です。

「わたしは小説家をやらせていただいて、作品を執筆させていただいています」。これを聞いて「百田尚樹はなんと奥ゆかしい」なんて感じる人はいないでしょう。「わたしは小説家ですから作品を執筆します。それを皆さんに買っていただいているのです」。

これに違和感がありますか。

さて古閑美保さんは「自分でも何が正解かわかりませんが、いつも思うのは日本語とは難しいなと悩むばかりです」とも言っています。


（2021/06/11）

オリンピックの公平性

二〇二一年六月、東京オリンピックに出場する権利を得た選手が国際重量挙げ連盟から発表されましたが、その中にトランスジェンダーの選手が含まれていたというニュースがありました。

女子重量挙げに出場予定のこの選手は四十三歳で、二〇一三年に男性から女性への性別適合手術を受けるまでは男子の重量挙げ選手として競技しており、国内のジュニア記録を持つほどの有力選手でした。

〝彼女〟は母国ニュージーランドのオリンピック委員会の最終決定を経て、五輪史上初めて性別が変わった選手として出場することになります。現代では世界中で生まれながらの生物学的性別でなく、自分がそうだと認める〝性〟を社会生活上の性別とする法改正が進んでおり、国際オリンピック委員会（ＩＯＣ）もテストステロン値（男性ホルモンの値）を条件として性別を変更した選手の出場を認めることを既に表明していました。しかし、今回の決定はＩＯＣの定めるルール上は問題ないとしても、どうも釈然としません。なぜなら、いかに手術によって〝女性〟になったとしても、骨格や筋肉量は男のときに培われたもので、それは重量挙げという競技において明らかに有利に働くと思われるからです。実際、生来の女子選手からは「競技の公平性が損なわれる」と不満の声が上がっているといいます。

そもそも、スポーツは人工的に造られたものでない自然な身体で勝負してこそ公平と言えるのです。そのために厳しい〝ドーピング検査〟が行われているのです。それをホルモン注射を打ちまくってできた身体での出場だなんてありなのでしょうか。こんなことが許されるなら、今後オリンピックで金メダルをとる目的のためだけに性転換する選手が出てくるかもしれません。

今回は重量挙げの競技でしたが、これがボクシングや柔道といった格闘技系の競技に「元男性」が出場すると「元から女性」の選手は大きなダメージを負う危険も考えられます。

オリンピックがアマチュアの祭典なんて言っていたのははるか遠い昔の事で、現代では野球やバスケットボール、ゴルフなどの明らかな〝プロ選手〟でなくても、有力選手にはスポンサーが付き、大会で好成績を収めると高収入が得られます。〝金メダル〟には栄誉だけでなく莫大な富もついて来るのですから、性転換も辞さないと考える選手が現れても不思議ではないのです。いかにジェンダーフリーといえども男と女にはどうしても埋められない性差が永遠に存在します。

そこで私は提案したい。スポーツの世界に「トランスジェンダー枠」を作れ、と。出場する選手は全員が「男性から女性へ性転換した女性」という枠を作れば、公平な戦いと言えます。

で、「女性から男性へ性転換した男性」も、またそういう枠を作ればいいのです。つまり今後オリンピックは、男性枠、女性枠、トランスジェンダー枠1、トランスジェンダー枠2の四種類の枠で行なえば問題なしです。

しかし私はトランスジェンダー枠の競技を見る気はしません。

(2021/06/18)

都議会議席ファースト

二〇二一年七月四日に投開票が行なわれた東京都議会議員選挙で、都民ファーストの会から出馬し見事当選を果たした五十四歳の女性議員が、選挙期間中に無免許運転で人身事故を起こしていたというニュースがありました。

この議員はいよいよ投票が二日後に迫った七月二日午前七時半ごろ、板橋区高島平の交差点で自ら運転していた車をバックさせた際に停車していた車に衝突し、この車に乗っていた人に軽傷を負わせていたのです。しかし、この事故は公表されることはなく、事実は当人と警察だけの知るところになっていました。

無免許運転といえば重大な犯罪です。さらにそれにより人を傷つけたとなると即逮捕されてもいい案件でしたが、警察も相手が立候補者なだけに迂闊には動けなかったようです。それほど選挙に出て議員になるということは尊重され守られているのです。その分、自覚を持った責任ある行動が求められるのは言うまでもありませんが、この議員はぬけぬけと「二月頃に免許停止になったが、事故当日は停止期間が終わったと勘違いをしていた」と言うのですから呆れます。どこの世界に免停期間を間違える人がいるのでしょう。

そもそも免停期間中は運転免許証は警察に取り上げられ、手元にありません。そんな状態で運転することがすでに「免許不携帯」で違反です。それともこの議員は日常的に免許証を携行せず運転していたのでしょうか。それならそれで問題です。

　免停は最も短い三十日から最長百八十日まであります。この議員は二月に免停になったと言っていることから、百二十日あるいはそれ以上の免停だったのでしょう。こんな長期間の免許停止を受けるとは、これはこれでまた市民の範たる議員として問題です。さらに、黙っていたらわからないとばかりに都民を欺いていたのですから、都民ファーストが聞いて呆れます。いずれにせよ議員の資格はありません。

　免停は指示された講習を受けることにより、その期間を短縮できます。たとえば六十日の免停は二日間の講習で最大三十日間短縮され半分の期間に、三十日の免停は一日の講習でなんと最大二十九日間短縮され一日だけとなるのです。講習には「なんでこんなに高いの」と感じる講習料が必要ですが、多くの人は一日も早く免許を取り戻すため黙って支払います。この議員がそれをもったいないと思ったのか、スケジュールが合わなかったのかはわかりませんが、どうやら講習は受けていなかったようです。

　この議員は都民ファーストから除名され、都議会によって議員辞職勧告決議案が出ても、本人はまったく辞めるつもりはないようです（二〇二一年八月現在）。

　無免許運転で、しかも交通事故まで起こすような人間が議員でいていいはずがありませんが、現行の法律ではどうにもできないのです。今回の都議会の議決もあくまで「勧告決議」です。一昔前なら、こんな決議をされた議員は潔く辞職するのが普通でしたが、時代は変わりました。悪粘りする議員を辞めさせることができないのです。

日本はもう、性善説に基づいた法律では対応できない状況になっているようです。

(2021/07/09)

行き過ぎた自粛

横浜市の市立小学校が、卒業を祝う赤飯が予定されていた二〇二一年三月十一日の給食を、直前になって差し替えたというニュースがありました。

その理由が「三月十一日は東日本大震災から十年となる日なのに、その日に赤飯とは不適切」との学校関係者からの声を受けてと聞いてなんとも複雑な気持ちになりました。

東日本大震災は言うまでもなく今世紀我が国を襲った最も大きな災害です。あの日のことは今でも多くの人の記憶の中にあるでしょう。しかし、果たして今回のこの「赤飯を中止にした」というニュースを聞いて喜ぶ現地の被災者がどれほどいるのでしょうか。

私はテレビ番組の構成者時代から小説家の現在に至るまで、一貫して〝おもしろいもの〝楽しいもの〟を視聴者、読者に届けることを旨としてきました。

しかし、二〇一一年三月十一日、未曾有の大災害を目の当たりにして「こんな時にオモロイことを考えてどうなる。それよりも被災者の力になれることはないのか」と思うようになり、自身の無力を嘆くと共に、一年近く筆を執ることができなくなりました。

実際にテレビからは一斉に娯楽番組が姿を消し、CMまでもが自粛となり連日公共広告機構の道徳めいたメッセージが流れました。そして、テレビ各局は通常放送に戻す機会を他局の出方をうかがいながら探る状況が続いたのです。

私が三十年前からチーフ構成として指揮をとる「探偵！ナイトスクープ」（朝日放送）でも放送再開にあたっての協議は長引きました。

「探偵！ナイトスクープ」は言わずと知れた娯楽番組です。目いっぱいふざけています。それだけに一歩間違えたら大バッシングを受けることになります。しかし、「こんな時だからこそ〝笑い〟を忘れてはいけないのではないだろうか」「〝笑い〟の力を信じよう」と他番組に先駆けて放送再開を決定しました。その背景には我々はふざけることにも一所懸命まじめに取り組んできたという自負があったことは勿論です。

はたして放送後の反響は「久しぶりに腹の底から笑った」「明日への活力になった」

と好意的なものがほとんどでした。世間が考える以上に東北の人たちは強かで、既に復興に向けて立ち上がろうとしていたのです。私が非力だと思っていたエンタメが、打ちひしがれた人々が前を向く後押しになることを知った瞬間でした。

二〇二一年三月、横浜の小学校の卒業祝いに赤飯がでたことで不快になる東北の人がいるとは思えません。全員が巣立つ児童ににっこり笑って「卒業おめでとう」と言うでしょう。行き過ぎた配慮は既に前に向かって歩を進めている人たちに失礼でしかありません。

(2021/03/19)

第七章　笑ってはいけない！

世を賑わす様々な悲惨なニュースの中には、当人にとってはまごうことなき悲劇にもかかわらず、不謹慎にも思わず笑ってしまうニュースがあります。とはいえ、被害者の身になれば笑うべきではありません。

というわけで、この章をお読みの皆さんも、決して笑ったりはしないでください。

スイートルームの絶景

韓国・済州島に二〇二一年一月にオープンした五つ星ホテル『グランド朝鮮済州』の浴室、トイレが外から丸見えだったというニュースがありました。

これは新婚旅行でこのホテルを訪れていた男性が訴えているもので、スイートルーム専用サウナの前面はガラス張りでしたが、それはマジックミラーで外からは見えないと聞いて安心して二日間サウナを楽しんでいました。ところが、新婚旅行の最終日にホテル敷地内を散歩した時にサウナ側の窓を見ると、なんと外部から内側が全部見えているではありませんか。すぐさまホテルに苦情を申し入れたというわけです。

こんな指摘を受けると信用を重んじる日本のホテルなら、大急ぎで事実関係を調査し平謝りに謝って許しを請うところですが、このホテルは「外側にミラーコーティングが施されているので昼間は見えず、夜はブラインドを下げている」と取り合わなかったばかりか、営業妨害だとして警察まで呼んだといいますから、さすが謝らない国、韓国の面目躍如といったところでしょうか。

納得できない男性がホテルスタッフ同行のもと現場を確認した結果、ホテル側が主張していたミラーコーティングは確かに施されていたものの、それは浴室とトイレ以外であって肝心の浴室はホテル入り口、散策路、駐車場、さらには客室のバルコニーと、どの角度からも内部が鮮明に見えていました。そうです、五つ星ホテルとして崇められているグランド朝鮮済州ともあろうものが、サウナのシャワー室とトイレの窓ガラスのミラーコーティングを忘れたままオープンしていたのです。

あってはなりませんが、人間のすることにミスはつきものです。大切なのはその時にいかに誠意をもって対応するかです。それを、すぐバレるウソも強気にでたら押し通せると考えるのもまたお国柄なのでしょうか。とんでもなくお粗末でみっともない対応です。グランド朝鮮済州は「お客様と共に全数調査を実施し、警察立ち会いでの調査を通じて防犯カメラを確認した結果、懸念されていた露出被害は幸いなかったことが確認された」と、この期に及んでまだ大した迷惑を掛けていないとのスタンスを崩していません。「私の妻と私は多くの人々の前でトイレを利用し、裸でシャワーを浴びていたというショックで精神科の治療まで受けている」という男性にはお気の毒ですが、自身が韓国人で済州島に行ったのが運の尽きとあきらめるしかないようです。

(2021/02/26)

値段の情報がいるのか?

島根県立中央病院に勤める二十九歳の男性医師が、窃盗と住居侵入の疑いで島根県警出雲署に逮捕されたというニュースが二〇二〇年十月にありました。

この医師は二〇一九年十二月、当時勤務していた島根大学医学部附属病院の医局スタッフルームに置いてあった三十代の同僚女医のバッグから自宅の鍵を盗み出し、そのまま女医宅に向かい鍵を開けて侵入。部屋を物色し下着一枚を探し当てると、他には何も取らず、再び施錠して女性宅を後にしていました。

彼の目当ての品は同僚女医の下着だけだったのです。男は鍵を盗む際、同じメーカーの似た形状のものを代わりに女医のバッグに入れていました。帰宅後、扉が開かないことで鍵がすり替えられていたことに気づいた女医が、合鍵で自宅内に入り盗まれたものがないか確認したところ、部屋が荒らされた形跡はなかったもののパンティーが一枚なくなっていることに気付きました。

鍵が無いだけでしたら「どこかで落としたのかも」となりますが、すり替えられていたのですから身近に犯人がいるのは間違いありません。相談を受けた病院から警察に「職員が勤務中に鍵をすり替えられ、盗難の被害があった」と被害届が出され、防犯カメラや同僚への聞き込み、その日の勤務状況や行動などから男性医師の仕業だとわかりました。

まさか毎日一緒に働いている同僚に、自分のパンティーを盗まれるなんて夢にも思っていなかった女医さんはさぞかしショックを受けたことだろうと思いますが、彼女の不幸はそれだけではありませんでした。なんと事件を伝えるニュースで「被害がショーツ一枚（時価五百円相当）」と報じられてしまったのです。「宝石店強盗で時価五千万円の貴金属が盗まれました」などマスコミは事件の大きさを表すために被害額を公表しますが、今回の事件で果たしてそれは必要だったのでしょうか。パンティーを盗まれただけでも恥ずかしいところ、それが五百円だなんて女性心理をまったく無視した報道です。せめて五千円にするなど、少しは気を遣ってあげればいいのに。こんなところだけ〝真実の報道〟をするのですから、本当にマスコミってやつはどうしようもないアホです……。

しかし、このニュースの一番重要なところはそこではありません。同僚の女性医師の部屋に忍び込んで下着を盗むような医師は人間として失格なのは言うまでもありません。医師免許剝奪でもいいと思うほどですが、そういう私も「五百円のパンティー」に、うっかりその怒りを忘れてしまうニュースでした。

(2020/10/16)

私の葬式にようこそ

中南米、カリブ海に浮かぶ島国トリニダード・トバゴ共和国で、葬式の〝主役〟ともいうべき故人が会場となった教会への入場を拒否されたというニュースがありました。

二〇二〇年十一月、五十四歳の父親と共に自宅で銃撃を受けて亡くなった二十九歳の男性の葬儀を営むにあたって、遺族は生前クルマ好きだった故人に埋葬される前、最後にオープンカーで野外ドライブを楽しませてあげたいと考え、遺体を椅子に座るような形に整えた状態で防腐処理のための化学薬品を注入し、教会までの道を霊柩車の荷台に乗せて運びました。

その時の様子を収めた動画からは、ピンクのブレザーに白のパンツを着用し椅子に座った故人の最後のドライブを盛り上げるかのように、同乗する二人の男性が音楽を大音量で流す、一般的な葬式とは程遠い陽気な様子がうかがえます。

ところが、うまくことが運んだのはそこまででした。教会に到着した遺体が棺に入っていないことを理由に教会スタッフから入場を断られてしまったのです。その結果、遺体男性は自らの葬儀会場に入ることができず、葬儀は本人不在の状態で執り行われることになってしまいました。そして式の間、男性の遺体は教会の入り口に椅子に座った格好で置かれ終わるのを待つことになったのですが、まさか故人本人が入り口でお出迎えするなんて想像すらしていない参列者のほとんどは、あまりに綺麗な遺体を亡くなった本人だと気付きませんでした。それどころか遺体を生きた人間だと誤解した人からは「コロナ感染対策のマスクをつけろ」とクレームまでついたそうですから、さぞかし見事な遺体処理だったのでしょう。

教会もまさか遺体がむき出しで運ばれてくるなんて思いもよらず対応の仕方がわからなかったにしても、遺族が故人を喜ばせようとしてしたことです。少しは大目にみてあげてもとも思いますが、究極の〝様式美〟ともいうべき葬儀だけに教会側も折れることができなかったのかもしれません。

ところで親子ともども自宅で銃弾に倒れるなんて、実に不幸な一家だと思っていたところ記事の最後に恐ろしい一文がありました。なんとこの男性の兄も同年七月に自宅で銃殺されていたというのです。こんな物騒な国では遺体でなくても〝生きた心地〟がしないでしょう。

(2020/12/11)

勝手に「愛人」と書くなよ

二〇二〇年五月、愛知県が新型コロナウイルスの感染者延べ四百九十五人の非公開情報を県のウェブサイトに誤って掲載してしまったというニュースがありました。

県のウェブサイトとは、県が県民に向けて広く情報を提供するサイトで、そこへ行くには特別な資格など必要なくアクセスさえすれば誰でも閲覧できるようになっています。病歴は究極の個人情報ですので、その取り扱いには細心の注意が必要なのは言うまでもありません。ましてや、それが感染症のコロナウイルスとなればなおさらです。今回掲載された情報には、感染者の職業や会社名もありましたので、その人たちが内容を知った心無い人たちから謂れ無き嫌がらせを受けないか心配です。さらに問題だったのは、感染者のつながりとして備考欄に家族や同僚のほか「愛人?」との記載があったことです。「?」マークということは感染者本人からの確かな申告ではなく、一覧表を作成した職員の主観だと思われます。感染拡大を防ぐには感染経路の特定が不可欠ですが、もう少し別の表記はできなかったのでしょうか。この感染者の家庭は今ごろとんでもない修羅場となっているかもしれません。もしかしたらコロナ以上の大騒ぎの可能性もあります。

こんなニュースを見ると、もしも自分が感染したら都合の悪いことは絶対に言わないでおこうと決めた人も多いのではないかと思います。そして、それがまた新たな感染につながると考えると、今回のミスの影響は小さくありません。

県には多くの苦情が寄せられているそうで、中には、「生活が脅かされる」「損害賠償を求めて裁判を起こす」などの声もあるといいますが、一度ネット上にさらされたものが取り消せないことを考えると、もっともなことだと思います。

愛知県は二〇一九年に大騒ぎになったトリエンナーレの件といい、どうも不用意に表に出してはいけないものを出してしまうきらいがあるようです。もちろん今回も「表現の自由」で済む話ではありません。

（2020/05/15）

金を貰えて女優も抱けて……そんなうまい話ある？

人は目先の欲に目が眩むと往々にして判断力を失います。頭の切れる犯罪者は、そういうところを狙ってくることもあるので、ゆめゆめ油断はなりません。

アダルトビデオ（ＡＶ）の出演を持ちかけた男性から現金九十六万円を騙し取ったとして、福岡県古賀市に住む二十三歳の男が逮捕されたというニュースが二〇一九年十一月にありました。

この男はインターネットのアダルトサイトでＡＶ男優の募集を告知し、それを見て応募してきた三十三歳の男性を福岡市博多区の公園に呼び出し、簡単な打ち合わせだけで、「後で女優が来ますから」などと言って撮影場所のホテルへ向かわせました。その際、身元確認と称して男性の免許証などを預かっていたのです。男性はホテルで待つ間「どんな女優が来るのだろう」と期待に胸を膨らませていたことでしょう。

しかし彼は想いを遂げることはできませんでした。なんと急きょ撮影が中止となってしまったのです。そして詐欺師は男性に申し訳なさそうに「あなたの口座に女優に振り込むはずの出演料百万円を間違って振り込んでしまった。今回のキャンセル料四万円をあなたの取り分として差し引いた額を返して欲しい」と言いました。男性にしたらせっかくのAV女優とのからみがなくなったのは残念だったとしても、なにもせずに四万円もらえるのなら仕方がないと、言われるままに九十六万円をATMで引き出して、男に渡しました。

ところがです。しばらくすると男性のもとに消費者金融から返済の督促状が届くようになったのです。そうです、詐欺師は男性をホテルに待たせている間に男性の免許証を使って消費者金融二社から計百万円を借り入れていたのです。男性が女優のギャラと思って返した九十六万も男性名義で借りた、すなわち男性のものだったのです。一般的な消費者金融の初回限度額は五十万円ですから、目いっぱい借りていたことになります。

男性にしたら「ギャラを振り込むから口座番号を教えて」と言われれば疑わず教えるでしょうし、なにしろ撮影するものがAVなだけに年齢など身元確認が必要と言われれば信用して免許証も出すでしょう。逆に「ちゃんとしているな」と安心感すら覚えたのかもしれません。さらに金融業者も返済日までは連絡することはありませんから、発覚を遅らせることも可能です。他人の免許証でそんなに簡単に金が借りられるかとも思いますが、金融業者も金を手渡しでなく振り込みするのですから、その口座名が免許証と一致することで信じたのでしょう。実によく考えたものです。この二十三歳の犯人は若いのになかなかの知能犯と言えます。

ところが、これほど頭のいい犯人があっさりと捕まるのですから、世の中は面白い。彼が捕まった経緯は、実に単純です。警察に相談した被害男性が別の名前で再度男優に応募したところ、犯人は「またカモが来たー♪」と、ノコノコと待合せ場所に現れたからです。これだけ綿密な筋書きを考えた犯人なのに、何とも単純な仕掛けに引っかかるのですから、欲に目が眩むと、知能指数がかなり落ちるようです。

もっとも、これは被害男性も同じで、ＡＶ女優を抱けてギャラも貰えると、色と欲に頭がいっぱいになると、まともな判断力を失うようです。世の中にはそんなにうまい話はころがっていないという常識さえ持っていれば、そう簡単には騙されないんですが。

被害者には悪いですが、この事件はアホが二人ということです。

（2019/11/22）

被害者が加害者にされた？

「鳶に油揚げをさらわれる」とは、不意に現れた相手に大切なものを横取りされることの例えですが、イギリスで「カモメにハンバーガーをさらわれた」二十六歳の男性が警察に逮捕されたというニュースが二〇二〇年七月にありました。

さて、一見被害者のこの男性がなぜ加害者として捕まってしまったのでしょうか。この男性はホームレス生活をしており、やっとの想いで手に入れたマクドナルドのビッグマックを食べようとした瞬間、突然カモメが近づいてきてそれを奪おうとしたのです。男性は大事な食事を奪われてなるものかとビッグマックを庇いつつ、カモメを捕まえ思い切り嚙みついた上で地面に投げつけました。カモメもさぞかし驚いたことでしょう。地上にいる犬や猫の獲物を横取りする場合には嚙みつかれないように注意もするでしょうが、まさか人間が嚙みついてくるなんて想定していません。見事に返り討ちにあってしまいました。

しかし、男にとって不運だったのは、一連のその様子をちょうどパトロールで通りかかった警察官に見られてしまったことです。カモメはイギリスでは〝一九八一年野生生物・田園地域法〟によって野生生物とみなされ保護の対象となっています。そんな鳥にかぶりついているのですから警察官も見逃すことはできず、即座に逮捕となってしまったのです。男性がもし有罪となると、懲役六ヵ月または最高五千ポンド（約六十七万六千円）の罰金が科せられるそうで、とてもホームレスの男性に払えるとは思えません。

ちなみに被害者とされたカモメは警察官がケガの状況を確認しようとする前に飛び立ってしまったといいますから大したケガはなかったのでしょう。

人間がいたずらに野生生物を傷つけることはあってはなりませんが、自然界では異なる動物間での食物の奪い合いは頻繁におきます。その際、どちらかがケガをすることもあります。しかし、それは〝生きる〟ために精一杯の動物にとっては仕方のないことです。今回のケースでもカモメを野生生物と位置づけている以上、起こるべくして起きた事件です。自身の獲物を守った男性が一方的に罪に問われるのは理にかなっていません。

もしも男性が有罪になるのなら「お魚くわえたドラ猫」を追いかけるサザエさんも犯罪者になってしまいます。


（2020/07/17）

蛇にペニス

現代人にとって最も心安らぐ場所はトイレの中かもしれません。しかし、だからといって気を抜いていたらとんでもないことになるというニュースです。

二〇二〇年九月、タイの首都バンコクの北西に位置するノンタブリー県に住む十八歳の男子大学生が自宅トイレに座ってスマホでビデオを見ていたところ、いきなり股間に鋭い痛みを感じました。あわてて立ち上がると、なんと自身の大切な部分に長さ一・二メートルのニシキヘビがぶら下がっているではありませんか。驚いた大学生は痛みに耐えながらヘビをトイレのドアに挟んでそこから外し、母親が呼んだ救急車で病院に搬送されました。彼の家のトイレは水洗トイレです。昔の汲み取り式ならいざ知らず、まさかそんなところに危険生物がいるとは思いもしないでしょうから用足し前に中を確認することはありません。まったくの無防備状態だっただけに見事一撃で命中されてしまったようです。

しかし、ヘビからしたら自分だけが男性の〝ちんちん〟を狙った一方的な加害者にされるのは納得がいかないかもしれません。ヘビの立場になって考えてみましょう。排水管の中に潜んでいたであろうこのヘビは水面から顔を出して焦ったはずです。なぜならそこには上から自分を睨んでいる立派（かどうかは定かではありませんが）なカメがいたからです。ヘビにしたら「やらなければやられる」と考えて、思わず噛みついたと

〝正当防衛〟を主張することでしょう。さらに「カメなら雷が鳴るまで放さないところを、おれはすぐ放したんだからまだ良心的」とも思っているかもしれません。

ちなみに手当をした医師によれば、まだ痛みは残っているとはいうものの、その部分の機能は損なわれていないそうで、大学生は胸をなで下ろしているということです。それにしても中にヘビが隠れている便器に座ったのが男性だったのは不幸中の幸いでした。もし女性だったら……。考えただけでも恐ろしい。

（2020/09/21）

マスク不足の解決策

新型コロナの影響で、わが国でもマスクなしで街を往く人をほとんど見かけなくなりました。罰則を伴う法律や条例で決められているわけではありませんが、マスコミが盛んに煽った「人前ではマスクをしましょうキャンペーン」に同調圧力に敏感な日本人はまんまと乗せられてしまったようです。

感染防止に有効とされるマスク着用を否定する気はさらさらありませんが、それでも「マスクは絶対だ」とばかりに、他人のマスクにいちゃもんをつけるのはいただけません。中でも少し鼻が出ていただけの人を鬼の首を取ったように責め立てるなどの正義の押し売りは不愉快以外のなにものでもありません。病気の恐怖はあるにしてもお互いの立場を尊重し、理解し合う姿勢を忘れては生きにくい世の中になるだけです。

マスクを着用しない場合、罰金か六ヵ月以下の懲役、あるいはその両方が科せられる南アフリカで、二〇二一年二月になんとも豪気な女性が現れました。ノーマスクでスーパーマーケットのレジの順番を待っていた女性に警備員が近づき「マスクをしなければ退店してもらう」とマスク着用を要求しました。しかし、あいにく女性はマスクの持ち合わせがありませんでした。このままでは買い物が出来なくなってしまいます。そこで一計を案じた彼女はおもむろに屈みこみ、なにやらごそごそとしています。やがて彼女の手にはくしゃくしゃに丸められた黒いものが。女性はそれをあたまから被るとにっこり「これでいいですか？」。なんと彼女は自身がはいていたパンティーを脱いでマスク代わりにしたのです。この様子はほかの買い物客が撮影しフェイスブックに投稿され大きな話題になっているそうです。

女性の真後ろでレジ待ちをしていた女性が、その場で〝Well done!（よくやった）〟と賛辞を贈るとともに「個人的には、理解できる行動でした。パンティーについている菌の方が少ないと思うわ」と語っているように、マスク着用が義務化されたこの国の人々のストレスは相当なようです。

それにしてもパンツをマスクにとは恐れ入ります。そういえば覆面レスラーは人前でマスクを剝ぎ取られるのは裸になるよりも恥ずかしいと聞いたことがあります。ひょっとしたら躊躇なくパンツよりマスクを選んだ彼女こそ真のマスクマンだったのかもしれません。


（2021/03/05）

最後の給料は重量二百三十キロ

嫌がらせをするために人間はここまで頑張るものでしょうか。アメリカ・ジョージア州に住むアンドレアス・フラトン氏が給与九百十五ドル十五セントをすべて一セント硬貨で支払われたというニュースがありました。それも油まみれで洗浄して磨かなければとても使い物にならない状態のものだったといいますから迷惑この上ない話です。

このフラトン氏は自動車修理工場に勤めていましたが、そこでの扱いがあまりにもひどいため二〇二〇年十一月に二週間の引継ぎ期間をもってやめることを決意したそうです。そして、そのことを社長に告げると、予定の退職日を待たず「さっさとやめろ」と五日後にやめさせられただけでなく、「会社に損害を与えた」という理由で、最終給与の支払いまで拒まれてしまいました。納得のいかないフラトン氏が「弁護士に相談する」と社長に伝えた結果、この油まみれの一セント硬貨が、「くそくらえ」というメモ付きで自宅前に置かれていたのです。

それにしても九万千五百十五枚もの一セント硬貨をよく集めたものです。たいていの銀行で両替手数料が必要な日本ではとても出来ません。さらにそれ以上に大変だったのはフラトン氏の家の前まで運んだことです。なにしろ一セント硬貨は一枚二・五グラム、九万千五百十五枚で二百三十キロ近い重さになるのですから。

実際、家の前の山積みのお金を運び入れるためにフラトン氏が用意した一輪車はその重さでパンクしてしまったそうです。油まみれの一セント硬貨の山の前で途方に暮れていたフラトン氏を見かねたガールフレンドが、インスタグラムに事の顚末を投稿したところ大きな反響を呼び、事態は一気に好転しました。

気の毒に思った大手両替商の〝コインスター社〟が、すべての一セント硬貨を八十四ドル八十五セントのおまけをつけて千ドルの紙幣と交換してくれることになったのです。社長の必死の嫌がらせは人々の好意の前に無と化しました。

その社長は九万千五百十五枚の硬貨が話題になった後、ＣＢＳの取材に対して「思い出せませんし、どうでもいいことです。彼は支払われたんでしょう。それ以上に何が大事だというんです。こんなことでグチグチ言うなんて、しょうもない弱虫だ」と悪態をついたそうでまったく反省していません。今後、彼の修理工場のＹｅｌｐやＧｏｏｇｌｅでのレビューは九万千五百十五件を超えるネガティブなコメントであふれかえることになるでしょう。

（2021/04/16）

ヌーディストとマスク

東欧チェコの首都プラハ東郊にある小さな町ラーズニェ・ボフダネチュで、住民からの苦情により警察が出動したというニュースが二〇二〇年四月にありました。警察が駆け付けると、そこには大勢の市民が全裸で日光浴を楽しんでいる光景がありました。我々日本人の感覚では、公衆の面前での裸はわいせつとみなされ取り締まりの対象となりますが、チェコではヌーディストは公認されています。

警官は彼らに向かってこう言いました。

「裸は一向に構わないが、君たちがマスクをしていないことは見逃せない。さっさと着用するように」

股間は覆わなくても問題ないが、口だけは絶対に覆えと言うのです。言うまでもなく世界中に蔓延している新型コロナウイルスの感染を防ぐためです。

住民の苦情は「裸で迷惑している」のではなく、「マスクをしていない団体をなんとかしろ」だったのです。彼らもさすがに命が大切なようで、素直に警察の指示に従いました。警察はさらに、あまり大人数で集まらないようにとも注文をだしました。ヌーディストもそれなりの人数で全員がおなじ格好だから平気なのであって、広い空間で少人数でいるのはなんとも落ち着かないのではないでしょうか。もし全裸になっているのが自分一人だと、恥ずかしくなってやめるかもしれません。

ところで、裸でなにかひとつだけ身に着けているのは、全裸よりもセクシーに感じます。「はだかエプロン」などその最たるものです。ただ、それも物によります。「全裸にマスク」というのは「全裸に靴下」に匹敵する格好悪さだと私は思います。しかし、彼らナチュリスト（裸体主義者）はそれでも裸にこだわるようで、きっちりマスクをした上でおおらかに裸を満喫しているそうです。

皆さんが人前で裸になるときもマスクだけはお忘れなく。

（2020/04/17）

アラジンと魔法のランプと詐欺師とカモ

傍から見ると「そんなバカなことはないわ」とすぐわかることも、一向に気付かず信じてやまない人がいるのは困ったものです。

二〇二〇年十一月に、インド北部ウッタルプラデシュ州で「アラジンと魔法のランプ」に登場する本物だと偽り、地元の医師に何の変哲もないランプを七百万ルピー（約九百八十万円）で売りつけた疑いで二人の男が逮捕されたというニュースがありました。「アラジンと魔法のランプ」とはアラビアンナイトの中の、擦るとなんでも願いをかなえてくれる魔人（ジーニー）が現れるランプを手に入れた主人公のアラジンが貧乏青年から大金持ちになる物語です。もちろん単なるおとぎ話であって、現実にあるはずがありません。それを最も科学的な職業である医師が現実のものと信じていたのですから驚きです。

犯人の二人は医師を信用させるために、魔術師のような格好をした容疑者の一人が目の前でもう一人が扮するジーニーを登場させ、驚く医師に高額な値段をふっかけていました。医師は「それは高過ぎる」と必死で値段交渉して、七百万ルピーに落ち着いたというものです。もし本当に本物のランプならジーニーにお願いしていくらでも大金を得られるのに、そうはせずにランプを売ろうとしているおかしさになぜ気付かないのかはわかりません。

それはともかく、ようやく魔法のランプを手に入れた医師ですが、ランプをどれだけ擦ろうと、当然ながら何の変化もおきません。そこで初めてランプに魔法の力が一切ないことがわかって警察に通報したというのですからなんともおめでたい人です。

犯人の二人は他にも同様の手口で犯行を重ねていたようで、一攫千金を目論む人は洋の東西を問わず多いようです。この医師も魔法のランプでアラジンのように大金持ちになろうとしたのでしょう。人間、欲の皮が突っ張ると、しばしば冷静な判断力を失いますが、ここまで理性が吹っ飛ぶ事件は珍しいものです。

(2020/11/06)

事実は小説よりも奇なり

最後にとっておきの事件を紹介しましょう。

『事実は小説よりも奇なり』——小説を書く人間で、この言葉が好きな人はいないでしょう。なぜなら、これは「あなたの書く物語なんて、実際の出来事に比べたら全然大したことない、所詮すべてが想定内」と言われているのと同じだからです。

　私は小説を執筆するとき、第一に読み手が退屈せず知らず知らずのうちにページが進むよう心掛けます。作家ですから読みやすい文章を書くのは当たり前で、それに加えて読者の想像をはるかに超えた物語の展開により常に新鮮な感動を提供し続けるのです。そのために最初の一文を書く前の作業、物語の設計図（プロット）作りにはいつも頭を悩ませます。そんな意表をつくストーリーを年中考えている私でも「なんじゃこれは」と思わず言ってしまうような想定外のニュースがありました。

　二〇二一年五月、大阪府堺市の住宅に住む六十代の男性が、夜の十一時過ぎにのどが渇き水を飲むために台所に行くと、三十代の男がすました顔で椅子に座り、冷凍食品のパスタなどを食べています。一般家庭でよくあるこの光景を第三者が見れば、全員が男をこの家の息子と思うことでしょう。しかし、男はこの家とまったく関係のない赤の他人だったのです。

　民家に忍び込んだ泥棒が空腹を満たすために、家にある食料に手を付けることは聞いたことがありますが、なんとこの男はご丁寧に家にあったTシャツまで勝手に着ていたのですからわけがわかりません。彼はこの民家が自分の家でTシャツも自分のものだと思っていたのでしょうか。

男性が「どこから入ってきたのか」と聞くと、男は平然と「玄関から」と言うではありませんか。しかし他人の家に夜中に入り、タンスの引き出しの中からTシャツを着て、おまけに冷蔵庫に入っていたパスタを温めて食べるなど、常人には思いつかない行動です。

しかし笑えるのはここまでで、この後、全然笑えない展開になります。

男は急に逃げようとして暴れだしました。同居する男性の父親が一一〇番通報するとともに、隣家に住む弟が助けにやってきてくれたことで、男性は男を取り押さえることができました。これで一件落着と思いきや、事件はここからとんでもない結末を迎えます。

警察官が駆けつけたとき、捕まった男は意識を失っていて約一時間後に搬送先の病院で死んでしまったのです。これで、男が何者で、何の目的で家に入り込んだのかは永遠に謎となりました。

可哀そうなのは男に死なれた男性とその家族です。発生から二時間ほどで終わった「見知らぬ男が勝手に入ってきて死んだ」事件。男性一家は間違いなく被害者でありながら、なぜか加害者のようになってしまいました。正当防衛が認められなかったら傷害致死罪に問われるかもしれないのです。これは悪夢というほかありません。なんの展開も伏線もない上に、予想もつかないラスト。こんな後味の悪いシュールな物語はどんな小説家も考え付きません。
まさに『事実は小説よりも奇なり』。

（2021/05/14）

あとがき

さて、この本を校了しようと思っていたところ、とんでもないアホを見つけてしまいました。それは東京オリンピック開催に大反対していた民放テレビ局のいくつかのワイドショーです。ここでは武士の情けで敢えて名前は出しません。

私は開催反対の主張を非難しているわけではありません。いろんな意見があって当然ですから、それをもって咎める気はありません。私が何よりも呆れたのは、オリンピックが始まった途端に掌を返したように、番組がオリンピック一色になり、日本人選手がメダルを獲ると、テレビ局の威光を用いて、その選手をスタジオに呼び（あるいはリモート出演させ）、大絶賛して持ち上げたことです。

これには、ちょっと待て、と言いたいです。選手を褒め称え、絶賛するのはいい、しかしその前にしなければいけないことがあるのではないかと思うのです。それは選手に対する謝罪です。

オリンピック開催に反対していたということは、言い換えると、選手たちの活躍の場を奪うための活動をしていたということです。彼らはアスリートたちの四年間（今回は五年間）の努力を水の泡にし、メダル獲得のチャンスを失わせるために必死になっていたのです。

視聴率を上げるためにメダリストたちを番組に呼ぶのはいいですが、その前に「オリンピック開催中止を主張して、皆さんの活躍の場を奪おうとしてすみませんでした」と謝るのが筋ではないかと思うのです。

「いや、我々はあくまでオリンピック開催には反対だ」というなら、メダリストなどは呼ばずに、オリンピック報道も必要最小限にとどめるべきです。それが一貫した姿勢というものです。

実はワイドショーには定見といったものはありません。番組のプロデューサーやディレクターの頭の中には視聴率しかありません。ですから風見鶏のようにころころと意見を変えます。オリンピック中止を主張したのも、その方が視聴率を取れると判断したからにすぎません。というのはワイドショーを観ている層はメディアの意見を鵜呑みにするデュープス（本人の自覚なしにリベラルな意見に流されるおバカさんという意味の言葉）だからです。メディアの洗脳を受け付けない若者層の多くはワイドショーなど観ません（というか、若者たちはテレビそのものを観なくなっています）。

ワイドショーのスタッフたちは、前述のように定見がないですから、オリンピックが始まると、それまでの主張を忘れ（あるいは忘れたふりをして）、今度は番組を挙げてのオリンピック絶賛です。もちろん、これも視聴率のためです。

ここまで書けば、読者の皆さんにも、「本当のアホ」が誰なのか、見えてきたのではないでしょうか。そうです、本当のアホは、そんなワイドショーを喜んで観ている視聴者です。

普通の良識を持った視聴者なら、あまりの無定見と掌返しに唖然として、「こんな番組、二度と観るもんか」となります。しかしそうはならないのが、ワイドショーの視聴者です。実はテレビ局のスタッフもそのあたりはお見通しで、だからこそ平気で二枚舌を使います。そうした振舞いに敏感な若者たちがワイドショーに背を向けるのは当然かもしれません。

ちなみに、先ほど「いろんな意見があって当然」と書きましたが、実は本当はこれもおかしいのです。なぜなら放送法の第四条に、「政治的に公平であること」と「意見が対立している問題については、できるだけ多くの角度から論点を明らかにすること」と定めてあるからです。つまり東京オリンピック開催の問題を扱うためには、反対意見と同じくらい賛成意見を番組が提示しなければならないのです。これは国民の共有財産である電波を優先的に（しかも信じられないくらいの格安な価格で）使用が許されているテレビ局の義務です。つまりオリンピック報道に関してのワイドショーの放送は、明確に放送法違反である上に、視聴者をバカにしたものであるということです。

オリンピックの話題が出たついでに言いますと、日本政府は無観客開催という信じられないアホな決定をしました。

世界の多くの国はワクチンの効果もあって、コロナウイルスの感染者および死亡者が大幅に減り、政府も「勝利宣言」のようなものを打ち出し、大きなスポーツ試合では観客を入れています。野球のメジャーリーグ、テニスのウィンブルドン大会、ヨーロッパのサッカーリーグの試合は、大勢の観客（しかもその多くがマスクもしていない）の中で行なわれています。

ところが、それらの国よりもはるかに感染者も死亡者も少ない日本で、オリンピック競技が無観客というのは、まったく意味がわかりません。スーパーコンピューターの富岳のシミュレーションによれば、観客を入れても感染者はほとんど出ないという結果が出たにもかかわらずです。では、なぜ無観客開催ということになってしまったのでしょう。

私はここではっきりと言います。無観客開催は、政府が責任追及されたくなかっただけのことだと。

皆さんもご存じのように野党とメディアは最初から開催そのものに大反対していました。表向きの理由は感染拡大を恐れてというものでしたが（もちろんそれもあるでしょうが）、本当の理由は違います。開催中止によって、日本政府が国際的に大きなダメージを受けることを期待していたからです。そうなれば、政権批判を金科玉条としている野党とメディアにとっては、これほど美味しいことはないからです。そんな状況で、もし観客を入れて開催して感染者が増えたなら、野党とメディアが政府を一斉攻撃するのは目に見えています。

政府（および与党）は、そうなれば秋の総選挙で苦戦すると考えたのでしょう。無観客にさえしておけば、少なくとも「観客を入れたからだ」という非難はかわすことができます。つまり、ここでも国民不在のまますべてが決まったということです。

オリンピック無観客開催は世界の国々に誤ったメッセージを届けることになりました。それは「日本はコロナ対策が大幅に遅れている」というものです。前述したように、すでに多くの国が「コロナに打ち克った」として、多くの観客を入れてスポーツの試合を行なっているのに対して、日本ではいまだにそれを行なうことができない状況であるという事実を、世界中にばら撒いてしまったのです。このマイナスイメージがどれほど大きなものか、政府はまったく考えていないのでしょう。

しかしそんな政治家を選んだのは私たちです。つまり政治家がアホだということは、私たちがアホだということなのです。

すいません。オチにも笑いにもならないようなあとがきでした。

百田尚樹　1956（昭和31）年大阪市生まれ。作家。著書に『永遠の0』『モンスター』『影法師』『海賊とよばれた男』『大放言』『カエルの楽園』『夏の騎士』『偽善者たちへ』『バカの国』など多数。

Ⓢ新潮新書

921

アホか。

著　者　百田尚樹（ひゃくたなおき）

2021年9月20日　発行
2021年9月25日　2刷

発行者　佐　藤　隆　信

発行所　株式会社 新潮社
〒162-8711　東京都新宿区矢来町71番地
編集部(03)3266-5430　読者係(03)3266-5111
https://www.shinchosha.co.jp
装幀　新潮社装幀室

印刷所　錦明印刷株式会社

製本所　錦明印刷株式会社

ISBN978-4-10-610921-8　C0236

価格はカバーに表示してあります。